JN188859

ポーランド文学
KLASYKA LITERATURY POLSKIEJ
古典叢書
4

コンラット・ヴァレンロット

Konrad Wallenrod

アダム・ミツキェーヴィチ
Adam Mickiewicz

久山宏一 訳
Translated by
KUYAMA Koichi

未知谷
Publisher Michitani

コンラット・ヴァレンロット　目次

装幀　菊地信義

コンラット・ヴァレンロット

歴史物語——リトアニア人とプロイセン人の故事より

《ポーランド文学古典叢書》第4巻

Dovete adunque sapere, come sono
due generazioni da combattere -
bisogna essere volpe e lenone.
あなた方は、二種類の戦いがあることを、知らねばならない——
狐でありかつ獅子であらねばならないのだ」

1　マキャベリ『君主論』第一八章「どのようにして君主は信義を守るべきか」より。ただし、文字通りの引用ではない。原文は以下の通り——「あなた方は、したがって、闘うには二種類があることを、知らねばならない。一つは法に拠り、今一つは力に拠るものである。第一は人間に固有のものであり、第二は野獣のものである。だが、第一のものでは非常にしばしば足りないがために、第二のものにも訴えねばならない。そこで君主たる者には、野獣と人間とを巧みに使い分けることが、必要になる。この点を古代の著作家たちはそれとなく君主たちに教えてきた。たとえば、アキレウスやその他多勢の古代の君主たちは、半人半馬のケンタウロス族のケイローンにあずけられ、その訓練を受けて育った、と記されている。ということは、つまり、教師として半人半獣の者を持ったことを意味し、君主たるものに必要なのは二つの性質のいずれをも使いこなすこと、それ以外を言っていないのである。すなわち、二つのうちの一つを欠けば、君主としては長続きしないことを意味する。／したがって、君主には獣を上手に使いこなす必要がある以上、なかでも狐と獅子を範とすべきである。なぜならば、獅子は罠から身を守れず、狐は狼から身を守れないがゆえに。」（マキアヴェッリ　河島英昭訳『君主論』一九九八年、岩波文庫）（傍点引用者）

ボナヴェントゥラ・ザレスキと
その妻ヨアンナ・ザレスカ[1]に捧げる

一八二七年の夏の思い出に

作者

1 ウクライナの地主貴族。オデッサとモスクワ滞在時代のミツキェーヴィチと親交があった。

まえおき

リトアニア民族は、幾世代も前からリトアニア人、プロイセン人、[1]ラトヴィア人の諸種族から成っていたが、その数は多くはなく、広大でも、さほど肥沃でもない国土に定住し、長い間ヨーロッパに知られぬままだったが、十三世紀ごろに隣国の襲撃を受けたことから、より活発な行動を迫られた。プロイセン人がチュートン騎士団（ドイツ騎士団）の武力に屈したとき、リトアニアは森と沼地を出て、剣と火で周辺の小国家を滅ぼし、北方の脅威となった。かくも脆弱、かくも長きにわたって、異民族を崇め奉ってきた民族が、いかにして、十字軍騎士団（ドイツ騎士団）と間断なき人殺しの戦争を行い、ポーランドの財宝を奪い、同時に大ノヴゴロド市から貢物を集め、ヴォルガ河岸やクリミア半島まで長征するといった風に、ありとあらゆる敵を跳ね返し恐れ戦かせるに至ったのか、歴史はいまだ十分にそれを解き明かしていない。リトアニアの最も輝ける時代は、アルギルダスとヴィタウタスの統治下、[2]その勢力はバルト海から黒海に及んだ。しかし、あまりにも突然

注　9〜10頁

拡大したこの巨大国家は、そのさまざまな部分を取りまとめ生命を与えるに足る内部の力を生み出すに至らなかった。あまりにも広大な土地に流れ広がっていったリトアニア民族は、自らの色彩を失ってしまった。リトアニア人は、幾世代ものロシア人を支配し、ポーランドと政治的関係に入った。[3] 古くからすでにキリスト教徒になっていたスラヴ人は、文明的により高い水準にあった。リトアニアに責められ、また脅かされた彼らは、徐々に、強力だが野蛮な侵攻者に対する道徳的優位を取り戻し、それを飲み込んだ――あたかも中国の蒙古侵略軍に対するが如くであった。ヨガイラの一族[4]とその裕富な君主たちは、ポーランド人となった。ルーシ[5]に住むリトアニア公の多くは、ロシアの宗教・言語・民族性を受け入れた。こうしてリトアニア大公国はリトアニア性を失い、元来のリトアニア民族はかつての領域内にその姿を現した。彼らの言語は宮廷や富豪の言語ではなくなり、庶民の間にのみ保持された。リトアニアが呈するのは、あまりにも多くを獲得したために姿を消してしまった民族の興味深い姿である――あたかも小川に奔流が流れ込むと、元の流れが沈み、初めの河床よりも狭い河床を流れはじめるかの如くである。

ここに述べた出来事は、今や幾世紀もの時によって隠されている。政治活動の舞台から、リトアニアもその最も恐るべき敵であった十字軍騎士団も消えた。隣り合う民族間の関係は、様変わりした。当時戦争となって燃え上がった利害や情熱の火はもう消えた。その思い出は、民衆歌謡によっても保持されていない。リトアニアはもはやすっかり過去にある。[6] それ故に、リトアニアの歴史は詩にとって幸運な領域である——当時の出来事を歌い上げる詩人は、利害関係や読者の好み・流行の助けを借りることなく、その歴史的主題、事実の探究、芸術的な仕上げに携わることになるからである。シラーが命じたのは、正しくこのような主題を探すことだった。

Was unsterblich im Gesang soll leben,
Muss in Leben untergehen.[7]
「歌において生き返らせようとするものは、現実には死んでいるべきである」[8]

1 「プロイセン人」は、プロイセン領に住み着いたバルト海沿岸の民のうち、十字軍騎士団（ドイツ騎士団）に屈従した者を指す。（「解説」参照）

2 アルギルダス大公は一三四五～七七年、ヴィタウタスは一三九二～一四三〇年にリトアニアを統治。ミツキェーヴィチはあえて言及していないが、アルギルダス大公の軍隊は、一三六〇～七〇年代に、三度にわたってモスクワを脅かしている。

3 ヴィタウタス大公統治下の一四一〇年、リトアニアはポーランドとホロドウォ合同を結ぶ。これが、ポーランド・リトアニア連合（一五六九）への足がかりとなった。

4 一三八六～一五八六年。

5 ルーシと呼ばれた地域名。小ルーシ（現在のウクライナの北部・中部）、大ルーシ（現在のヨーロッパ・ロシア)、黒ルーシ(ベラルーシの北西部)、白ルーシ(ベラルーシ)、紅ルーシ(ガリツィア地方)から成る。

6　まえおきでは、検閲を欺くために、本作中「吟遊詩人の歌」の主題とまったく矛盾する思想を述べている。十九世紀初めのリトアニアで、民衆文化の源泉を探り、その復興を試みる運動が盛り上がったのは周知の事実だからである。

7　シラー作 *Die Götter Griechenlands*(ギリシャの神々)(一八〇〇年)より。

8　作者が、まえおきの末尾で、作品の主題は専ら遠い過去に関わるものである旨強調したのは、作品の急進的な政治性(民族解放思想)から検閲の目を逸らさせるためであった。それにもかかわらずロシア帝国高官のうちには、『ヴァレンロット』に疑惑の目を向ける者がいたため、作者は一八二九年に刊行された再版では、次の一節を「まえおき」末尾に書き加えた。「これは作者が、すべての王の中で、自国内に最も多くの民族と言語を抱える皇帝の首都で発表する、(『ソネット集』『コンラット・ヴァレンロット』初版に続く――訳注)三番目のポーランド語作品である。万人の父である皇帝は、万人に土地とそれよりもさらに貴重な道徳的・知的財産の所有を保証している。支配下の民に現在の信仰・風習・言語を享受させるにとどまらず、すでに失われたまたは、潰えようとしている過去の世紀の記憶を、将来の世代が持つべき遺産として、掘り返し、守るよう命じる。心広き皇帝に励まされた学者たちは、フィン族の記録を捜し守るための学術遠征を手がけている。皇帝の庇護を享ける学術団体は、リトアニア人の同胞たるラトヴィア人の古い言葉を再興し保持している。これらの民族の父たる皇帝の名前よ、すべての世代においてすべて言語によって、等しく称えられてあれ!」

序詩

百年もの時[1]が経ちました——十字軍騎士団が
北の異教徒の血に塗れてから
プロイセン人はすでに首に轡をはめられ
土地を手放すか　命からがら逃げるかしました
ドイツ人は逃亡者に追手をかけ
捕え　殺害したのです——リトアニアの国境に至るまで

　ニェメンはリトアニア人と敵たちを分かつ河
片岸には　聖堂の天辺が輝き
神々の住む森がざわめいています
もう片側には　ドイツの国章である

注　14〜15頁

十字が丘に刺さり　その額を天に隠し
威嚇する両腕をリトアニアの方に伸ばしています
まるで　パレモン[2]の土地を丸ごと
空から抱きかかえ　引っ攫《さら》おうとするかのようです

河のこちら岸では　リトアニアの若者たちの群れが
山猫皮の帽子をかぶり　熊皮の服をまとい
肩に弓を担い　手いっぱいに矢を握り
ドイツ兵が攻撃態勢をとるのを目で追いかけて　右往左往し
向こう岸では　兜と甲冑の
ドイツ兵が不動のまま立ち
その目は敵の隠れ穴をにらみ
銃に弾を込め　数珠の球数を数えています

こちらでも向こうでも　越境者を見張っています
ニエメンのような　昔から客好きで知られ

友好の民の土地をつないでいた河も
今や彼らにとっては　永遠の境目
誰一人　生命や自由を失うことなく
禁断の水を渡河できなくなりました
リトアニアの唐花草《ホップ》の枝だけが
プロイセンの箱柳《ポプラ》の魅力に引寄せられて
柳と水際の草の上を這い
昔のように恐れを知らぬ腕を伸ばし
河に美しい花輪を投げ
敵方の岸で恋人と一つになるのです
カウナスの樫の木に住む小夜泣き鳥だけが
原生林の向こうの山に住む兄弟と
昔と同じくリトアニア語で話しています
もしくは　自由な羽根で舞い上がり
共にすごす水辺の茂みの客になるために飛んでいきます

では人々は?――人々は戦いによって分けられてしまいました!
昔のプロイセン人とリトアニア人の友誼は
忘却の彼方へと消え去りました　ときに愛だけが
人々を近づけます――私の知人のなかにもそんな二人がおりました

ああ、ニェメン河!　やがてあなたの河床に
死と火を運ぶ軍隊が雪崩落ちることでしょう
そして　これまでは尊ばれていた　あなたの岸辺から
斧が　緑の花輪を奪い
大砲の轟音が　庭園の小夜鳴き鳥を驚かせ
民族の憎しみが　自然の金の鎖に束ねられていたものすべてを
断ち切ってしまうことでしょう
すべては断ち切られる――でも　恋人たちの心は
詩人の歌の中で　再び一つになることでしょう

1　本作に描かれているのは、一三五一～一三九三年の出来事である。ドイツ騎士団によるプロ

イセン人征伐は一二三一年に始まった。「百年」はドイツ騎士団の攻撃が継続している時期の長さを表す。具体的な年代を指しているのではない。

2　パレモンはローマの伝説的な司令官、皇帝の迫害を逃れてリトアニアに到着したという。リトアニア公の祖先であり、リトアニア国家の創立者とされる。活字になった最初の東欧通史マチエイ・ストルィコフスキ『年代記』（一五八二）に記されている。

I

選挙

マリエンブルク塔[1]の鐘が鳴らされました
大砲が轟き　太鼓が叩かれました
十字軍騎士団の祝日です
管区長たちは四方八方から首都に急いでいます
そこで　総会に集合した者たちは
精霊を呼び出し　決定するのです――
誰の胸に大いなる十字架[2]が掛かるのか
誰の手に大いなる剣が委ねられるのかを
会議を重ねるうちに　一日二日が流れていきました

注　25～26頁

多くの紳士たちが競っているからです
いずれ劣らぬ高貴な家柄
騎士団におけるいずれの貢献も同等です
ついに兄弟たちの遍くの合意が
誰よりも高く　ヴァレンロットを押し上げました

　彼は異邦の男　プロイセンでは知られていない顔です
外国の修道院[3]で名声を手に入れました
カスティーリア[4]の山地にマウレタニア人[5]を
海淵にはオトマンを追い詰めたともいわれます
戦では先頭に立ち　いの一番に城壁に上ったもの
異教徒の船には最初に梯子をかけました
馬上槍試合で決戦場に姿を現し
兜の目覆いを下げると
誰一人　あえて彼に真剣勝負は挑まず
先に闘いを辞退しました

彼は青年のころに　武器で
十字軍騎士団の部隊の外にも轟く　名声を手に入れたのです
偉大なキリスト教の徳が　彼の飾りです――
持たざること　貪らざること　現世を侮ること

コンラットは宮廷人大勢の中で
弁舌の流暢さや　巧みなお辞儀で知られたわけではありません
己れの武器の腕を　卑しい利得のためや
喧嘩っ早い男爵に仕えるために　売ったりなどせず
青年時代を修道院の壁の中での修業に捧げました
拍手や高位を侮り
より高貴で甘い褒賞も
歌手の頌詩も　佳人の愛情も
冷えた心には訴えなかったのです
ヴァレンロットは　褒め言葉には冷淡に耳を傾け

麗しき相貌を遠くから眺め
魅力的な会話からも逃れるような男です

　生まれつき　何も感じず　誇り高かったのか
はたまた　歳を重ねるにつれてそうなったのか――まだ若いのに
髪は白く　顔色は蒼ざめ
老年の苦悩が刻まれている彼は
どちらとも判別しがたかったのです――ときに
若い者たちの戯れに加わることもありました
女たちの戯言に楽しそうに耳を傾けたり
宮廷人の冗談を冗談でやり返したり
子どもにお菓子をあげるときの冷たい微笑みを浮かべて
貴婦人たちに　儀礼的な言葉をふりまくこともありました
それは　ごく稀に注意を怠っていた折のことで
やがて　他人には意味のない
どうでもいい　ある言葉が発せられると

それが彼のうちに　熱情のような動揺を引き起こすのでした
「祖国」「義務」「愛する女性」という言葉です
十字軍やリトアニアが話題になるときに
これらの言葉は　にわかにヴァレンロットの陽気さに毒を注ぐのでした――
それを耳にすると　顔をそむけたものです
またしても万物に無感覚になり
謎めいた物思いに沈むのでした
あるいは　己れの使命の神聖さを思い出して
地上の甘い果実を禁じるのかもしれません
彼が知っていたのは　友情の甘い果実だけでした
たった一人の友人を選んだのです
有徳で信心深い神聖な男です
それは白髪の修道士　ハルバンの名で呼ばれていました
彼はヴァレンロットと孤独を分かち合い
彼の魂に耳を傾ける聴解者でもありました
心を打ち明ける相手でもありました

幸福なる友情！　神聖なる者と友情を結ぶことができた者——
それを地上の聖人と呼ぶのでしょう

　こうして騎士団会議に集まった首領たちは
コンラットの美点を数え上げていきます
しかし欠点もありました——欠点のない人などいるでしょうか？
コンラットは宮廷の戯れを好みませんでした
コンラットは酒席に加わりませんでした
とはいえ　一人だけの部屋にこもり
退屈と後悔に苦しめられると
慰めを熱い酒に探しました
そんなときには　あたかも新しい人格を身にまとうかのようで
蒼ざめて厳しい彼の顔には
病的な赤みのようなものが差すのでした
そして　ときに見開かれる大きな青い瞳は
しばしの間　光を消し　暗くなって

かつての火の閃光を放つのでした
胸からは哀れな吐息が漏れ
瞼は真珠の涙に膨れ
掌は竪琴《リュート》を探り　口から歌が流れます
歌は外国語で口ずさまれますが
心の歌に耳を傾ける者は理解します
墓場の歌を聴くだけで
歌い手の姿勢に注意しているだけで
その顔には思い出が強張るのが見えます
眉毛は吊り上がり　眼差しは下を向いています
大地の底から何かを掴み取ろうとするかのように――
彼の歌の題材は　いったい何だったのでしょう？
その思いは過去の深淵に沈み
若かりし日を追っているのに違いありません
彼の心はどこに？――思い出の国にいるのです

音楽をかき鳴らす手が癒してくれることはなく
その手が竪琴から　より明るい音調を取り出すことはありません
そして　彼の顔はそれが罪のない微笑みを浮かべてしまうのを
まるで死に至る罪のように恐れているかのようです
すべての弦を順に奏でてはいきますが
一つの弦にだけは触れません――それは長調の弦
聴き手はすべての感情を彼と分かち合いますが
そこに希望という一つの感情だけは含まれません

兄弟たちが思いがけずやってきて
彼の常ならぬ変わりように驚くこともありました
そんなときコンラットは目を覚ましたように　肩を竦め　怒り
竪琴を投げ捨て　歌はもう歌いませんでした
不敬の言葉を声高に述べ
何ごとかこっそりとハルバンに呟き
軍隊に向かっては大声を挙げ　命令を下すのでした

誰ともなく　恐ろしいほど脅えあがらせるのでした
兄弟たちは戸惑ってしまいます――老ハルバンは腰をかけ
視線をコンラットの顔にじっと向けています
貫くような冷たく厳しい眼差しです
何かの秘密に満ちた眼差しです
何かを思い出させようというのか　何かを助言しているのか
それがヴァレンロットの心に不安を掻き立るのか
たちまちその瞳は曇り
目の光は消え　顔は冷めてしまうのでした
これをたとえて言うなら　見世物において　獅子たちの番人が
夫人　貴婦人　騎士を集めてから
庭の鉄格子戸を開き
合図の喇叭が鳴らされるとき――王家の獣は
胸の底から吠え声を挙げ　観客たちを恐怖が襲います
ただ一人番人だけは　一歩も動かず
落ち着き払って　両手を胸の上に重ねています

そして獅子に一撃を食らわせます――目による一撃です
不滅の魂の守り手たる　その目の一撃で
暴れ出しかねない不可知な力を　抑え込んでしまうのです[6]

1　（原注）マリエンブルク（ポーランド語ではマルボルク）は要塞都市で、かつては十字軍騎士団の首都であったが、ヤギェロン朝のカジミェシュ王（四世）の時代にポーランド共和国に併合され、後にブランデンブルク伯爵に領地として与えられ、やがてプロイセン王たちの所有地に移管された。その城の地下には、大統領たちの墓があり、いくつかは完全な形で保存されている。ケーニヒスベルクのフォクト教授は数年前、マリエンブルクの歴史を出版したが、これはプロイセン及びリトアニアの歴史にとって貴重な文献である。
2　（原注）総帥の標章。
3　（原注）（「家」にあたる語が用いられているのについて）修道院、または欧州のさまざまな国に散在する城がこのように呼ばれていた。
4　スペインの旧名。
5　ここではアラブ人を指す。
6　（原注）人間の視覚はクーパーが述べているところでは、それが豪胆さと知性の表現を持って輝くときは野獣に対しても強力な影響を放つものである。それに関連して私たちはあるアメリカの狩猟家の実際の冒険を引用できる。彼は鴨に忍び寄っていたとき、ガサガサという音を聞きつけ、その身を起こした。そのとき恐怖とともに一頭の巨大なライオンがすぐそばに寝そべっているのを認めた。その猛獣は鍛え上げた筋骨も逞しい一人の人間を見て、同様に驚愕したように見えた。この狩猟家はあえて発砲しようとはしなかった。彼の銃にはただ、小さな弾丸しか込めてなかったからである。彼はそこで身じろぎもせず突っ立ち、その敵をただ自らの両眼で脅かした。一方ライオンはライオンで、じっとそのまま目で追っていて、その両眼を狩猟家から離さなかった。数秒後、頭を向こうへ向けて引き下がったが、しかし数歩ばかり行ったか行かないうちに、立ち止まり、再び振り返った。身じろぎもせぬ狩猟家を見出し、最後にもう一度彼に視線をぶつけ、あたかもその人間の優越性を認めたかのように、その両眼を放したのだった。ジェームス・フェルモア・クーパー（一七八九〜一八五一）「世界文庫」（一八二七年二月）『ヘッド船長の旅』より。

II

マリエンブルク塔の鐘が鳴らされました
議場から礼拝堂へ歩いていくのは
第一管区長　高官たち
司祭たち　兄弟と騎士の群れ
選挙権を持つ聖職者は　夕べの祈禱に耳を傾けています
そして　精霊への賛歌を歌うのです

賛歌

精霊よ　神の光よ！
シオンの鳩よ！

注 39頁

今日のキリスト教世界　汝の王座の
　地上の基盤よ
目に見える形を帯びよ
そしてシオンの兄弟の上に翼を広げよ
汝の翼の下から　太陽の輝きという
　光の束を放て
そして　最も明るい恩寵に最もふさわしい者
その者のこめかみを　黄金の花冠で輝かせよ――
汝の庇護の翼が休む者のこめかみを
　救世主たる息子よ！
万能の手の一振りで
指し示せ　大勢の中で
最もふさわしい者を　汝の苦難の神聖なる徴で
　その名を知られ
ペテロの剣で汝の信仰を持つ軍勢を率い
異教徒の目前で汝の王国の旗を

はためかせる者として
さて大地の息子たるおまえは　胸に十字の星が光る者の前で
額と心を屈しなくてはならぬ
――　――　――　――

祈禱が終わると　一同　表に出ました――総管区長[1]は命じました
「しばしの休息の後に　合唱に戻りなさい」と
そしてまた「神様が司祭と修道士兄弟と投票者たちを
祝福してくださるよう　お願いしなさい」と

一同　夜の冷気で頭を冷やすために　表に出ました
城の回廊に腰を下ろした者もいれば
林と庭を歩き回っている者もいます
夜は静かでした　五月の好天です
彼方から　夜明けが自信なげに顔をのぞかせていました
月は　サファイア色の平野をぐるりと回ってしまうと
表情が一変し　目には前とは違った光を浮かべています

ときに黒い雲　ときに銀色の雲の中で居眠りしつつ
静かで孤独な頭を下げていきました
恋する男が曠野で瞑想するのにも似て
その考えは人生の周りを
あらゆる希望　快楽　苦痛を経巡り
涙を流すかと思えば　陽気に見つめ
やがて　疲労困憊した額を胸に垂れ
瞑想という休眠に沈んでいきます

　散歩を楽しんでいる騎士たちもいます
しかし　総管区長は一瞬も無駄に失うことなく
ただちに　ハルバンと最高位の兄弟たちを
己の許に呼び寄せ　脇へと連れ出します
物珍しげな群衆から遠く離れた所で
助言を求め　警告するためにです
城の外に出て　平野へと急ぐ彼ら

こうして会話を交わしながら　定められた道を行くでもなく
この辺りの　湖の穏やかな畔の近くを
何時間もさ迷い歩くのでした
もう夜明けです　首都に戻る頃合いです
立ち止まります——どこかから声が——どこから?——角の塔からです
修道僧たちは注意を込めて　耳を傾けています——あれは女隠者の声です
あの塔には　昔から……十年も前だったか
信心深い　正体は不明のある女性[2]が
遠方からマリヤの町たるマリエンブルクに着いたのでした
天が彼女に霊感を与え　そう決断させたのでしょうか
傷ついた良心の呵責を
懺悔の香油で慰めようとしたのでしょうか——
女は　隠者が住むための隠れ家を探していましたが
やがて　生きて葬られる墓場を　ここに見出したのです

司祭たちは　長い間許そうとはしませんでしたが

最後は　繰り返される願いに折れ
女に　塔の中の孤独な隠れ家を与えたのでした
女が神聖な敷居の向こうに立つとすぐに
敷居には　煉瓦と石が積まれ
女は瞑想と神を道連れに　独りそこに残りました
女を生者たちから分かつ門は　おそらく
最後の審判の日に　天使たちによって開かれるのでしょう

　上方には小窓と格子があり
そこを通して　敬虔な民は食物を届けました
そして空は——微風と日中の光を届けます
哀れな罪深い女よ　あなたは世界を憎むあまり
若い知性を疲れさせ
太陽と好天を恐れるようになったのですか
女が自らの墓に　閉じこもって以来
塔の窓辺に立つ彼女を見た者はいませんでした

風の新鮮な呼吸を口に受け
晴天に飾られた空と　地上の一面に咲く　可愛い花々
そして　親しい人たちの　花々より百倍も愛おしい顔を眺めるために
窓辺に立つ彼女を

　とはいえ人は知っていたのです――彼女がまだ生きていることを
なぜなら　聖なる巡礼が　夜
女の隠れ家近くをさまよっているとき
どこからともなく聞こえてくる快い音がしばし途切れる　そんなことが繰り返されたからで
す
それは　讃美歌の音色だったのでしょう
それから　プロイセンの小村から子どもたちが集って
夜　近くの樫の木のそばで戯れるころ
窓から白いものが光るからです
まるで早暁の光のようです
これは彼女の髪の琥珀色の束なのでしょうか

あるいは　幼子を祝福する
小さな　雪のように白い手なのでしょうか
管区長はそちらに歩む向きを変えましたが
角の塔を通り過ぎたとき　彼の耳に聞こえてきます
「あなたね　コンラット　神さま！　運命が現実になったのよ
あなたは総帥になる定め——奴らを殺すために！
あなたの正体は暴かれていないということね　隠れても無駄
蛇のように　別の身体を身にまとっても
あなたの心にはまだ残っています
昔のものがたくさん……私の中にだって残っています！
あなたのお葬式のすんだ後に　あなたがひょっこり戻ったとしても
十字軍騎士団の騎士たちは　あなたを認めるはず」
騎士たちは耳を傾けています——あれは女隠者の声です
格子窓を見上げます　女は前屈みになって
地面の穴に両腕を伸ばしているかのようです
誰の方に？　辺りは誰もいません

遠くからの輝きが眼を射るばかりです
その輪郭は鉄兜の輝きのようです
そして地面には影が見えます――あれは騎士の外套では？
もう消えてしまいました――きっと瞳の錯覚でしょう
早暁の紫色の光に違いありません
朝霧が地上を駆け抜けました

「兄弟たち！」――ハルバンは言うのでした――「天に感謝しましょう
天の裁きが　我らをここに集めたのに違いありません
女隠者の予言の声を信じようではありませんか
聞かれましたか？　コンラットについての予言です
コンラットはヴァレンロットの勇ましい名[3]
最後までお聞きなされ　兄弟は兄弟に手を差し伸べることにしましょう
騎士の約束です　明日の会議では
彼が我らの総師になるのです！」――「賛成！」――大声を挙げています――「賛成！」

そして彼らは大声を挙げながら　立ち去りました　谷間には長い間
勝利と歓喜の声が響いています
「コンラット万歳　偉大なる総帥万歳！
騎士団万歳！　異教徒よ　滅びよ！」

ハルバンは深く考え込んだまま
大声を挙げる者たちに　蔑むような眼を投げました
塔に目をやり　その場を遠ざかりながら
小さな声でこんな歌を口ずさみはじめました

〔歌〕

ヴィリヤ川よ　我らの川たちの母よ
その底は　金色と空色の顔を持つ
その水を手に掬う　美しいリトアニア女性は
それよりもっと清い心　それよりきれいな頬を持っている

＊＊＊

カウナスの愛しい谷を流れるヴィリヤ川よ
鬱金香《チューリップ》と水仙《ナルキッソス》の間を流れる
リトアニア女の足許に我が若人たちの捧げる花は
薔薇《バラ》や鬱金香《チューリップ》より美しい

＊＊＊

ヴィリヤ川は　谷間の花々には一瞥もくれない
なぜなら彼女は愛するニェメン河を探しているから
リトアニア女性はリトアニア男性の間にいると気が晴れない
それは　異国の若者を愛したから

＊＊＊

ニェメン河は愛する女を荒々しい両手の中に捕らえ
岩や野原へと運び

冷たい胸に抱き
海の深淵でともに滅ぶ

＊＊＊

そしてあなたも同じく　新来者によって
故郷の谷から追われるだろう――ああ　哀れなるリトアニア女性よ！
あなたもまた　忘却の波の中に沈むだろう
でもあなたはもっと寂しい　あなたは独りぼっち

＊＊＊

心と流れに警告を発しても甲斐ないこと
乙女は愛し　ヴィリヤ川は流れる
ヴィリヤ川は愛するニェメン河の中に消えた
乙女は女隠者の塔の中で泣いている

＊＊＊

1　（原注）Grosskomthur《グロスコムトゥル》——総帥の次の職位。

2　（原注）当時の年代記は、一人の村乙女について語っているが、その娘はマリエンブルクへやって来て、自分を個室へ閉じ込めることを願い、そこで生涯を終えた。彼女の墓は数々の奇跡で聞えた。

3　（原注）選挙の際、意見が分かれるか不明確な場合は、このような出来事が前兆として受け容れられ、そして総会の評定の結果に影響を及ぼすことがあった。例えば、ヴィンリヒ・フォン・クニプローデは満場一致の投票を得たが、それも兄弟のうち幾人かが、代々の総帥の墓で「Vinrich! Ordo Laborat!（ヴィンリヒよ！　十字騎士団は危険に晒されている！）」と三度叫んだ声を聞いたと主張したためだった。

［訳注］ヴィンリヒ・フォン・クニプローデ（一三一〇〜八二）は、一三五一年から十字軍騎士団総帥を務め、リトアニアなどに「北の十字軍」をしかけた。ドイツ騎士団の黄金時代を築いた総帥とされる。

III

総帥は　聖なる掟の書に接吻しました
祈禱を終えると　管区長から
権力の象徴たる　剣と大きな十字架を受け取りました
昂然と額を起こしはしたものの
その上には　懸念の雲がかかっていました
彼は　辺りを視線で射ました
しかし　そのまなざしには歓喜と憤激が相半ばして燃え上がり
彼の顔を　たえて訪れたことのない
微笑みが　飛びすぎました――弱々しい　あるかなきかの微笑みです
それは　まるで　日の出と雷をともに予告しながら
朝の雲を切り分ける輝きのようでした

注　61〜62頁

総帥のこの熱情　この恐ろしい面持ちは
一同の心を　勇気と希望で満たしていきます――
人々はすでに瞼裏に　合戦と戦利品を見
脳中では　異教徒の血を　恣《ほしいまま》に流させていたからです
このような支配者と　肩を並べる人などいるでしょうか？
彼のサーベルと眼差しを　恐れない人などいるでしょうか？
リトアニア人よ　身を震わせるがいい！　そのときは近づいている――
ヴィリニュスの城壁に　十字架の旗印が光るときが

希望虚しく――数日　数週間が流れ
まる一年という長い年月が　平和のうちに流れてしまいました
リトアニアは脅しをかけてきますが　ヴァレンロットは恥ずかしげもなく
自ら戦いを起こしもしなければ　合戦に派兵もしないまま
目覚めて　何か行動を始めはするものの
それは古い秩序を　真っ逆さまにひっくり返すだけ

彼は訴えます——「騎士団は聖なる秩序を外れてしまいました」
「兄弟は　誓約を犯しています」と
「祈りましょう」——彼の訴えです——「財宝を放棄しましょう
美徳と平和の中に　我らの誇りを探し求めましょう！」
彼は斎戒と懺悔の義務を　押し付け
慰めと罪のない愉楽を　否定するのです
些細な罪を　このうえない厳罰たる
地下牢や追放や斬首によって　断罪するのでした

その間　リトアニア人は——かつては遠くから
騎士団の首都の門を避けて通った彼らでしたが——
今では　夜ごと　村の界隈に火を放ち
無防備な人々をも　近郊から捕まえていきます
城下に迫ると　傲慢に威張りかえります——
「おミサに加わりに行くところさ　もっとも敵の総帥の礼拝堂へだけどね」と
子どもたちは初めて　両親の家の敷居にいながらにして

ジュマイティヤ産[1]の角笛の恐ろしい音色に　身を震わせるのでした

今以上に戦争にふさわしいときなど　あり得るでしょうか？
リトアニアは内紛によって　分裂しています
それ故に勇敢なルーシは　それ故に不安なポーランド人は
それ故にクリミア汗《ハン》は　強大な民衆を移動させています
ヨガイラによって　王位を追われたヴィタウタスは
騎士団の庇護を求めて　やってきはしました
代償に財宝と土地を　約束しはしたものの
今のところ　空しく支援を待ち続けるばかりです。[2]

兄弟たちは囁き合い　集まって会議が開かれます
総帥の姿は見えません――老ハルバンは
駆けまわりましたが　コンラットは城の中にも礼拝堂にも見つかりませんでした
彼はどこに？　きっと隅の塔の辺り
兄弟たちは　夜ごと彼の足取りを追っていました

万人周知でした——毎日夕べになり
大地を厚い闇が覆うと
彼が湖畔を彷徨っていることは
外套に身を包み　暁が白むころまで
壁に身を寄せてひざまずいています
その姿は大理石の銅像のように　遠くから光って見えます
夜じゅうそれが続きますが　眠気も彼を疲れさせはしないのです
女隠者の小さな声が聞こえると
立ち上がって　小声で答えます
遠いその響きは　耳には聞き分けられません
それでも　揺れ動く兜の輝きや
落ち着きのない両手　擡げられた頭から見て取れるのです——
何か重大な対話が交わされていることは

塔からの歌

私の溜息を　私の涙を数える人などいるでしょうか？

私はこんなにも長い年月を泣き暮らしてしまいました
胸と目には　こんなにも多くの苦しみがあるので
とうとう私の溜息で鉄格子が錆びてしまったのではないかしら
涙は善良な人の心を貫くだけではありません
同じように　落ちた場所にある冷たい岩も貫くのです

* * *

スフェントロク公の城に　永遠の火があります[3]
この火の生命は　敬虔な僧たちが養っています
メンダウガス公の[4]山には　永遠の泉があります
この泉の生命は　雪と雨雲が養っています
私の溜息と涙を　煽る人などいません
それなのに　今でも心と瞳が痛いのです

* * *

父の愛撫　母の抱擁

豪華な城　楽しい母国
昼に持たざる物を欲しがることも　夜に持つべき物を夢見ることもなく
穏やかな天使の姿にも似た平安が
昼も夜も　庭でも家でも
私をすぐそばから守ってくれます　その姿は見えないにせよ

＊＊＊

母には　私たち三人の美しい娘がいました
私は最初に嫁入りを請われました
幸福な若い日　幸福な富
「これとは違う幸福がある」と言ったのはどなただったかしら
美しい若者よ！　何のために　私にそんなことを言われたのですか
リトアニアでは　それまで誰一人知らなかったことを？

お話になられたのは　大いなる神について　輝ける天使たちについて
石造りの町についてでした――その町には聖なる信仰があり

民草は　豪奢な教会で祈っています
そして　君侯たちも乙女たちに従順で
彼らは　私たちの騎士のように　戦において勇ましく
私たちの牧童のように　愛において優しいのです

＊＊

人間が　地上で魂を覆うために身体をまとい
魂とともに　甘美なる天へと飛び立つ場所
ああ　私は信じたのです——なぜなら天上の生活を
すでに予感していたから——あなたの言葉を聴いていたときに！
ああ　それ以来　良き運命においても悪しき運命においても
私はあなたのこと　天上のことばかり　夢見ています

＊＊

あなたの胸の十字架を見る私の目は　喜びました
十字架の中に　私は　幸福の未来の合言葉を見ていました

哀れや！　十字架から雷が射られたとき
辺りのすべては鎮まり　消えてしまいました！
私は何を悔いることもありません――苦い涙を流してはいるけれど
なぜなら　あなたはすべてを奪ってしまい　希望だけを置き去りにしたからです

＊＊＊

「希望！」――静かな谺によって
湖の岸　谷　密林は答えるのでした
コンラットは我に返り　凄まじい薄笑いを浮かべ
叫びました――「私はどこにいる？　ここで希望を聞こうとは
これらの歌は何のために？　私はあなたの幸福を憶えています
お母さまにはあなたがた三人の美しい娘があり
あなたは最初に　嫁入りを請われました……
哀れ　ああ　哀れなあなた方　麗しき花々よ！
恐ろしい蛇が　庭園に忍び込んでしまいました
蛇が邪な胸で這い回る所

草は枯れ　薔薇は萎れてしまいます
そして爬虫類の胸のように　黄色くなってしまいます
思いと化して　逃げ出しなさい　そして　あなたがこれまで幸せにすごした
日々を思い出すがよいのです
もしも……あなたは黙っておられる――歌いなさい　そして呪いなさい
岩々をも貫き通す　恐ろしい涙に
無駄に消えさせてはなりません　私は頭から兜を脱ぎ去ります
ここに滴せなさい　私の額を燃えさせなさい
ここに滴せなさい　私は耐える支度ができています
地獄で何が私を待っているか　私は予め知っておきたいのです」

塔からの声

お許しください　私の愛しい人よ　お許しください　罪は私にあります
あなたは来ましたが　遅すぎました　待ち焦がれていたのよ
そして　知らず識らずのうちに　こんな子どものような歌が……
こんな歌　消え去っておしまい！――嘆くのが私の役目なの？

私の愛する人よ　あなたと　あなたとともに暮らしたのは
ほんの一瞬　でもその一瞬を
地上に生きる群衆とともに　退屈にすごす静かな生活と
取り替えたりはしません
あなたご自身　言われたもの――「普通の人々とは
沼の中に隠れている貝殻のようなものだ」と
「わずか一年に一回　荒天の波に押し出され
澱んだ水から姿を現し
口を開けて　一度だけ天に向かって溜息をつき
再び　自らの住む地下墓に戻っていく」と
いいえ　私はこんな幸せのために造られたわけではありません
まだ祖国で　静かな生活を送っていたとき
一度ならず　女友だちの集まりの中にいても
なにかに恋い焦がれ　ひそかに溜息をついていた私
そして　心臓が不安に打つのを感じていました
一度ならず　低地の野原を逃げ出し

いちばん高い丘の上に立ち
独りこう考えました──「ここに飛ぶ雲雀《ひばり》たちが
己れの翼から　羽根を一枚ずつ私にくれるなら
私は雲雀とともに行くでしょう　そしてこの山から
一本の小さな花を摘んでいきたい
忘れな草の花を　それから雲の向こうに
飛んでいくの　高く！　高く！──そして消えてしまうの」と
あなたは私の話を聞いてくださいました　あなたは鷲の翼で
鳥類の君主よ　私を己れの高みにまで引き上げてくださいました
今は　雲雀たちよ　私はおまえたちになにひとつ頼みはしません
だってどこに飛んでいけるというの　どんな喜びを探して？
天上では大いなる神さまを知り
地上では大いなる男性を愛したこの私が？

コンラット
大いなる神か！　私の天使よ　またしても大いなる神を持ち出すのですか！

大いなる神……私たちは　そのために悲運に呻いているのです
あと数日　心には痛ませておくがよいのです
ほんの数日　その日数はほんのわずか
起きてしまったのです！　すぎてから後悔しても無駄
泣こうよ　我ら――しかし　敵どもは　身を震わせていればよい
コンラットが泣いたのだから――もっともそれは殺害のためにだが……
なぜあなたはここに来られた　なぜ？　私の愛しいあなたよ！
修道院の壁の中から　その聖なる小部屋から？
私は　そなたを神への使いに捧げるつもりでした
聖なる壁に囲まれて　私から離れた場所で
泣き　そして死んだ方がよかったのでは――
ここ　虚偽と剥奪の国で
墓場のような塔の中で　緩慢な拷問を受けて
死に　孤独な目を開き
この鉄格子の　破れることのない戒めを通して
助けを乞うよりも――ところがこの私は　耳を傾けなくてはならないのです

死にゆく者の長い苦しみを　見ていなくてはならないのです
遠くに立ち　己れの魂を呪いつつ――
魂の中に　まだ感情の最後のかけらが残っていることを

塔からの声

嘆くのならば　もうここにはいらっしゃらないで
「一度でいいから来たい」――このうえなく熱く　そうお願いするあなたでした
あなたはもう　私の声を耳にすることはないはず！　私はもう窓を閉じます
私はまた　私の暗い塔にこもります
私には　黙って苦い涙を飲ませておいて
いつまでも健康でいて　健康でいて　私のたった一人の人！
そしてあなたが　私に憐れみを与えようとはしなかった
あのときの思い出よ　消え去るがいい

コンラット

それならば　あなたから憐れみをください　あなたは私の天使

待って　もし頼んでもあなたが強情を貫くなら
この塔の角に　私は額を打ち付けましょう
カインのような死で　あなたに哀願しましょう

（塔からの）声

ああ！　私たちは自分自身を憐れむことにしましょう
憶えていてください　私の愛する人　この世界のなんと大きなこと
巨大な大地の上にいるのは　私たち二人だけ
砂の海の中に　露が二滴
冷たい谷から　風が吹けば
私たちは永遠に姿を消すはず　ああ！　一緒に死にましょう
わたしはあなたを苦しめるために　参ったのではありません
私は尼僧の聖別は　受けたくありませんでした
なぜなら私には　どうしても　天と心を婚約させられなかったからです
心の中を　地上の恋人が支配している間は
私は修道院に残り　つつましやかに

私の日々を　尼僧たちへの奉仕に捧げたいと望んだのでした
けれど　あなたのいないその場所では　私の周りのすべてが
あまりにも馴染み難く　あまりにも冷酷で　あまりにも無縁で
思い起こせば　あなたは　長い年月を経た後
マリアの町（マリエンブルク）に戻ってくるはずでした
敵への復讐の機会を探るために
そして　哀れな民族の利害を守るためにです
待つ者は　その思いで歳月を縮めるもの
私は自分に言いました――「彼は　もしかしたらもう帰る途中なのか
もしかしたら　すでに戻ったのかもしれない」と
生きたまま墓に埋められる運命の私に　望むことは許されていないのでしょうか
「あなたを　もう一度あなたを見たい」と
「少なくともあなたのおそばで死にたい」と
「それならば　行ってしまおう」――私は誓いました――「道の傍ら
岩の欠片の上にある隠者の家に
一人閉じこもろう」と……もしかしたら

私の小屋の近くを通り過ぎる　いずこの騎士が
愛する人の名前を　口にすることがあるかもしれない
もしかしたら　私が　異国の軍の甲冑のうちに
彼のお印を目にするかもしれない……甲冑は着替えるかもしれないけれど
楯に異国の国章をつけているかもしれないけれど
相貌を変えているかもしれないけれど……私の心はいまだに
遠くからでも　愛する人を認めるだろう
そして　仮に過酷な責任が彼に
手当たり次第に何もかも破壊し　血を流させるように強い
誰もが彼を呪うとしても　ただ一つ　私の心だけは
彼方から　あえて彼を祝福することでしょう！
私はここを　己れの家と墓として選びました
静かな辺境です　ここでは私の呻きを
いかに冒瀆的なさ迷い人であっても盗み聞きしようとしたりはしないはず
私は知っています——あなたが孤独な散歩を好まれることを
私はふと考えました——彼はもしかしたら　夕方になると

仲間たちから遠く離れて　駆け出すかもしれないと
風や湖の波と対話するために
私のことを思い　私の声を耳にするかもしれないと
天は　罪のない願いをかなえてくださいました
あなたはいらしてくださった　私の歌をわかってくださった
かつての私はお願いしたもの――「声なきお姿であってもかまわないから
夢にあなたの姿が現れて　私を楽しませてください」と
今日は何という幸せ！　今日私たちはともに――
ともに泣くことができるのですから……

コンラット

私たちはさらに何を泣きましょう？

憶えていますね――私は泣きました
あなたの抱擁から　永遠に逃れ出たときに
血の企みを果たすため
幸福求めて　自らの意志で死んだときに

そのときすでに　あまりに長い苦しみは報いられたのです
今　私は　目的遂行の願いのとば口に立っています
敵への復讐ができる
ところがあなたがやってきた――勝利を掠め取るために
あなたが　あなたの塔の窓から再び
私を見たときから　世界をぐるりと見渡しても
私の瞳にとっては無しかない――
あるのは　湖と塔と鉄格子のみ
私の周りではすべてのものが　戦乱の嵐に暴れ狂っています
声の喇叭の中に　武器と武器が打ち合う音の中にいる
私は　我慢できずに耳を欹《そばだ》て
天使の音を発する　あなたの口を探しています
そして　私の一日はそのすべてが　期待となりました
待ちかねた夜がやってくると
私は　思い出でそれを長引かせようとします
私は己れの生命を　夜を単位に数えています

ところが　騎士団は行動をとらぬと責め
戦いを請い　己れの破滅を望む
そして　復讐心に満ちたハルバンは私を休ませてくれない
または私に思い出させる——かつての誓いを
破壊された村と荒廃した国を
また私が彼の叱責に　耳を傾けようとしないと
彼は　溜息　首の動き　眼差しだけを借りて
消えかけた復讐の意欲に　火を焚きつけてみせるのです
私の運命を果たすべきときが近づいたようです
何物をもってしても　十字軍騎士団を戦争から押し留めることはできません
昨日　私たちはローマからの使者を受け入れました
敬虔な情熱が　世界の四方八方から
無数の　雲霞のような軍勢を戦場にかき集めました[6]
みなが声を挙げています——「あなたこそ　剣と十字を手に
彼らをヴィリニュスの城壁へ導くべきお方である」と
ところが——私は恥とともに打ち明けます！　この瞬間

諸民族の運命が決しようとするとき
私はあなたのことを考えているのです　あと一日生き永らえるために
遅延の口実を見出しているのです
若き日々よ！　あなたの犠牲のなんと大きいこと！
私は若くして　愛と幸福を　そして天なる神を
民族のことに捧げる機会を得ました
苦渋を込めて　しかし堂々とそれを果たしました！　今の私は老人です
今では　義務と絶望と神の御意志が
私を戦地に駆り立てる！　それなのに私は　白髪の頭を
この塔壁の脚元から離すことができずにいます
あなたとお話しするときを　失わないために！

　彼は黙りこくってしまいました　塔からは呻き声だけが聞こえてきます
沈黙のうちに　数時間が流れました
夜は明け　朝焼けの光が
静かな水を　明るくしました

眠っている灌木の葉の間に
さらさらと朝の寒気が　吹き渡っていました
鳥たちは　静かな歌で答えていました
とまた　静まるのでした――そして長い沈黙によって
あまりにも早い目覚めだったと知らせるのです
コンラットは立ち上がり　塔の上の方に額を擡《もた》げ
苦痛とともに　いつまでも鉄格子を見上げていました
雲雀《ひばり》は一声歌を口ずさみました　コンラットは辺りを
見回しました　もう朝か――彼は兜をかぶり
マントのゆったりとした布地で顔を包み
手を振って　女隠者に別れを告げています
そして茂みの中に姿を隠してしまいました
こうして　早朝の鐘の音を耳にした
地獄の霊は　隠者の門の前から姿を消していくのです

1　下《しも》リトアニアの地名。

2　一三七七年にアルギルダスが死去した後、リトアニアでは後継者をめぐる内紛が勃発した。ケイストゥトは息子ヴィタウタスがリトアニア大侯になることを望んだが、アルギルダスの息子ヨガイラがその位に就いた。一三八一年には、ヨガイラとケイストゥトの対立が激化した。ケイストゥトは捉えられて虐殺され、ヴィタウタスは騎士団のもとに逃亡し、キリスト教の洗礼を受け、公国を取り戻す戦いへの援助の代償として、ジュマイティヤを譲った。同じころ、リトアニアはモスクワ公国やタタールとも戦いを続けていた。

3　ペルン（スラヴ神話では、雷と光の神）に捧げられた火が、リトアニア大公スフェントロク（一二六八～一二七一）の遺体が焼かれた場所（ヴィリニュス）で燃えている、と信じられていた。

4　一二五二年にリトアニア王に戴冠した大公。

5　伝説によると、カインは自殺したとされる。

6　リトアニアへの十字軍騎士団の襲撃には、西欧から数千名の兵士が参戦した。

IV

饗宴

それは騎士団の守護者の日[1]　厳かな祝日のこと
管区長たちは兄弟を引き連れて　首都へと馬を進めています
白い旗[2]が　塔にずらりと刺し立てられました
コンラットの役目は　騎士たちを談話で励ますこと

食卓の後ろには　百着の白いマントが棚引き
マントの一着一着には　長い十字架が黒々と刻まれています
これは兄弟たちで　彼らの後ろにはぐるり
若い従士たちが　お仕えするために立っています

注 115〜118頁

コンラットは首座に　王座の左には
ヴィタウタスが　頭目たちとともに座を占めました
かつては敵でしたが　今日は騎士団の賓客として
抗リトアニア同盟で　結ばれているのです[3]

すでに総帥は立ち上がっていて　饗宴開幕の合図を発します
「天主の中に喜びを見出しましょう！」[4]　すぐに杯が輝きました
「天主の中に喜びを見出しましょう！」　千もの声が沸き返りました
銀器と銀器が合わされて音を立て　ワインの流れが迸りました

ヴァレンロットは腰を下ろし　片肘で身体を支え
軽蔑を込めて　野卑な雑談に耳を傾けていました
ざわめきが静まると　わずかに静かな冗談だけが
あちこちで酒杯の立てる　小さな響きを破ります

「喜ぼうではありませんか」――語り始めます――「我が兄弟たちよ
騎士にも　喜びは許されているはずでしょう
最初は酔って大騒ぎだったのに　今は静かな囁きばかり
私たちの祝いは　盗賊風でなくてはならない？　それとも修道僧風？

私の時代には　別の習慣がありました
死骸累々たる戦場で
カスティーリャの山々や　フィンランドの森々に囲まれて
陣営の篝火の傍らで　我々は酒杯を傾けたもの

あそこには歌がありました　諸士のうちに
語り手や吟遊詩人はおられませんか
人の感情は　葡萄酒で陽気になりますが
人の思考にとっては　歌こそが葡萄酒のように効くもの」

たちまちいろいろな歌い手が　立ちあがりました

あちらでは　肥満したイタリア人が鶯のような声で
コンラットの勇敢と敬神を称えています
こちらでは　ガロンヌ河岸生まれの吟遊詩人が
恋する牧童と　魔法をかけられた乙女たちと
放浪の騎士たちに起こった物語を　詠っています

　ヴァレンロットは居眠りをしていました　歌の音も静まりました
彼は不意に耳を劈《つんざ》く　喧騒に目を覚まし
イタリア人に向けて　金貨の詰まった袋を投げ出しました
「あなたは私という」――彼は言うのでした――「一《いち》人間に対して　頌歌を歌いました
一人間には　この他の賞はさしあげられません
お取りなされ　そして目の前から消えなされ　さてこちらの若い吟遊詩人よ
あなたは　美と愛に仕えておられる
どうか詩はもうご勘弁くだされ　騎士連中の間に
感謝から　ささやかな薔薇の花を
胸に挿してくれるような乙女はいないからです

ここでは薔薇はすべて　色褪せてしまいました　私は別の詩人を求めます
修道士にして騎士である私は　別の歌を求めます
私には　角笛の轟音や剣の打撃音のような
野卑で粗暴な歌をお願いしたい
その陰鬱なこと　修道院の壁を思わせ
その燃え盛ること　酩酊した孤独者を思わせる歌を

私たち　民草を聖別し殺害する者にとっては
殺害の歌が　神聖さを宣明すればよいのです
優しくさせ　怒らせ　欠伸《あくび》させるがよいのです
そしてまた　欠伸した者たちを恐れさせればよいのです
生きることがそうであるように——私たちの歌もそうであればよいのです
そんな歌を歌う方はおられませんか？　どなたか？」——「私が」と答えたのは
白髪の老人で　彼は扉の傍らに
従士たち　道化たちにはさまれて坐っていました

プロイセン人　またはリトアニア人です――それは服装から知れました
顎鬚は濃く　星霜を重ねて白く
頭を　白髪の名残りが囲み
額と目は　緞帳で隠され
顔には　年齢と労苦の痕が刻まれていました

右手には　古いプロイセンの竪琴を携え
左手を食卓に伸ばし
それを一振りして　静聴を乞うのでした
一同静まりました――「私が歌います」と　彼は声を高くします
「かつて私は　プロイセン人とリトアニアのために歌ったものです
今日では　ある者は祖国を守ろうとして倒れ
ある者は　祖国が死に絶えた後に生きることを望まず
それよりは　自らの意志により祖国の遺体の上で自裁するのをよしとします
忠実な使いのように　善き運命につけ悪しき運命につけ
己れの恩人の火葬壇の上で死ぬのです

なかには　恥ずかしくも森に隠れ
ヴィタウタスのように　あなた方の中で暮らしている者もいます

しかし死の後に　ドイツの方々よ　あなた方はわかるでしょう
自ら　国の卑劣な裏切り者どもにお尋ねなさい
彼らが何を始めるかを――あの世で
破滅に至る永劫の火に面と向うとき　彼らは
己れの祖先を　天国から呼び出したがるでしょうが
いかなる言葉で　助力を乞うというのでしょうか
奴らのドイツの野蛮な言葉では
祖先たちは　我が子らの声を聴き分けられるでしょうか

ああ　子どもたちよ　リトアニア人にとってなんたる恥辱であることか！
老いた吟遊詩人たる私が　ドイツの鎖に繋がれていたとき
誰一人私に　誰一人　教会の祭壇からの救いを運んできてはくれませんでした
異国の地で　私は一人老いたのです

歌唄いが　ああ！　私が歌を聞かせるべき人は誰もおりません
私は　リトアニアを見ながら　泣きの涙を流しました
今日では　たとえ家に向かって溜め息をつきたくても
私の愛する家がどこにあるのか　わかりません
ここか　あそこか　あちら側にあるのか

　ここだけです　心の中　ここに大切にしまわれました
私の祖国のうち　最も善かりしものも
そしてかつての宝物の　貧しい名残りも
ドイツ人よ　私からお取りなさい　私から思い出をお取りなさい

　武術試合に敗北した騎士が
生命を永らえても　名誉を失うように
そしてまた　彼が軽蔑と嘲笑の日々を　漫然とすごしつつ
またしても　己れを打ち負かした者の許に戻り
これを最後と　腕を伸ばし

自分の武器を　相手の足下で折るように

そのようにして　最後の願いが私の心をかき立て
もう一度　思い切って竪琴に手を伸ばさせたのです
リトアニア最後の吟遊詩人たる私に
最後のリトアニアの歌を歌わせてください　あなた方のために」

彼は言い終えて　総帥の返答を待っていました
一同　深い沈黙のうちに待っています
コンラットは　探るような　嘲笑うような目で
ヴィタウタスの顔と動きを追っています

一同　気づいていました——吟遊詩人が
裏切りについて話をしていたとき　いかにヴィタウタスの表情が変わったかに
蒼くなり　白くなり　また赤くなりました
彼は　同じくらいの怒りと屈辱に苦しめられています

挙句の果てに　サーベルを腋に引き付け
歩いていきます――驚いている群れをかき分け
老人に目をやり　足を止めました
そして　額の上に垂れかかっていた怒りの雲は
突然　涙の奔流の中にかき消えました
席に戻り　坐り　マントで顔を隠し
謎めいた物思いに沈みました

　ドイツ人たちといえば　こっそり言い合っています――「私たちは饗宴に
物乞いをする老人を　招かねばならないのか
誰が歌を聴くだろう　誰がそれを理解するだろう」と
こうした声も　宴に集まった群れの中から
次第に大きくなる笑い声にかき消されました
小姓たちが　胡桃に空いた穴を笛のように吹き鳴らしつつ喚き声をあげたからです
「これがリトアニアの歌唱を記した音符です　どうぞ」

そのときコンラットが　立ち上がりました――「勇敢な騎士諸君
今日　十字軍騎士団は　古い慣わしに従って
都市と公国からの賜物を　受け取ります
支配された国からの　頂戴して当然の貢物として
物乞いも　諸君への奉げ物として歌を持ってくるのです
奉げ物をしてはならぬと　老人に禁じるのは　やめましょう
歌を受け容れましょう　『長者の万灯より貧者の一灯』です

私たちに混ざって　リトアニア公たちがいます
十字軍騎士団に招かれたのは　その指揮官たちです
かつての行いの思い出を　耳から聴くのは
快いことでしょう――祖国の言葉で鮮やかに蘇った思い出を
理解せぬ者は　ここを離れなさい
私はときに　理解できないリトアニアの歌の
あの陰鬱な呻きを　好んで聴くのです
それは　私が怒濤の立てる音や

春雨の静かな囁きを　好むのと同じです
それを聴いていると気持ちよく眠れるのです――歌いなさい　老いたる詩人よ」

吟遊詩人の歌[6]

災厄が　リトアニアを打ちのめさんとするとき
詩聖の瞳は　その到来を見通すことでしょう
というのも　詩人の言葉を信じて然るべきであるならば
人気のない墓場や野原に
黒死病を感染させる幽霊女が立つからです[7]
女は　白衣をまとい　こめかみには火のような冠をかぶっています
その額は　ビャウォヴィエジャ[8]の森林よりも高く
手には　血まみれのハンカチをはためかせています

城郭の見張りたちは　目を兜の下に隠しています
村人たちの飼い犬は　頭を地面に突き立てて
穴を掘り　死を予感し　恐ろしい喚き声をあげています

幽霊女は　不吉な足取りで
村へ　城へ　富める町へと歩を進めます
血まみれのハンカチを振るたびに
御殿という御殿が砂漠に一転します
その足が進むところに　真新しい墓が立ち並ぶのです

死をもたらす幽霊！――しかし　より大きな死を
ドイツ側から　リトアニアに予告していたのは
駝鳥の羽根の前飾りを輝かせた兜と
黒々とした十字が刻まれた　幅広のマントでした

このような化け物の足跡が通り過ぎたところでは
村や町も壊滅したと同じ
その一帯が　墓穴に落ちてしまいました
ああ　リトアニアの魂を守り通すことができた人は
私の許においでなさい　民族の墓場の上に坐りましょう

思いをめぐらせ　歌い　涙を流しましょう

ああ　民間の伝承よ！　あなたは　神の教えを運んで
遠い時代と若い時代の間を渡す方舟[9]
民衆は　あなたのなかに収めます――その騎士の武具を
その思考が紡いだ糸を　その感覚が開いた花を

　方舟よ　あなたは何に打たれても壊されはしない
民衆が　あなたをないがしろにさえしなければ
ああ　民間の伝承よ　あなたは記憶という
民族の聖教会の防衛に立つのです
大天使の翼と声を持つあなたは
いざとなれば　大天使の剣の柄を手に身がまえることでしょう[10]

　炎の歯は　歴史の絵巻物を噛み砕きもしましょう
宝物ならば　武器を佩びた侵略者の奪略を受けもしましょう

歌だけは無事生き存らえて　人々の群の間を駈けめぐるのです
もしも卑しい魂に　歌に
悲哀の餌をやり　希望の水を飲ませる力がないならば
歌は上方に逃げだし　廃墟にへばりつきます
そしてそこから　遠い時代を物語るのです
鶯だって　火炎に巻かれた建物から
飛び出して　屋根にしばし立ち止まることでしょう
屋根が崩れ落ちてしまう前に、鳥は森の方へ逃げ出します。
そして響きのよい胸を膨らませ　焼け跡や墓標の上の空に向けて
道行く人々に届くよう　死者を偲ぶ歌を詠唱するのです

　私はさまざまな歌に耳を傾けました――百もの齢を重ねた百姓は
鉄の犂で骨をつつきながら
立ち止まり　柳の縦笛で
死者たちへの祈りを奏でました　それも一度だけではなく　または韻律のある慟哭で
あなた方を讃えました　子どものいない偉大なる父親たちよ

谺が彼に答え　私は遠くから耳を傾けていました
光景と歌がより強く　哀れみをかきたてるのは
私が　そのたった一人の観客であり聴衆だったからです

最後の審判の日に　大天使の喇叭が
墓から死んだ過去を呼び起こすように
歌の響きに応えて　私の足下から
骨という骨が集まり育って　巨大な形になりました[11]
瓦礫の中から　円柱と丸天井が立ち上がり
水枯れの湖に　無数の櫂の音が響きます
そして　城という城の両開きの扉が開き
公たちの冠　兵士たちの甲冑が見えます
村人たちが歌い　娘たちが群れを成して踊っています――
私が見ていたのは　奇跡の夢　それが残酷にも私を目覚めさせてしまいました！

故郷の森と山は消え失せ

疲れ切った羽根で飛んでいた思いは
落ちて　その家の静けさへと蹲《うずくま》ります
竪琴は大儀な片手の中で黙り込み
同胞たちの嘆きの呻きの間に
過去の声という声を　聞き取れないこともあるのです！
しかし今なお　若き情熱の火花は
胸の奥深く燻り　一度ならず
魂を活気づけ　そして思い出を新たにさせます
そんなとき思い出は　水晶製のランプさながら
絵筆によって描かれた絵の中で着飾らせられ
たとえそれを誇りや紙魚たちが曇らせても
もしあなたが一本の蝋燭をその心の中に立てるならば
まだ宮殿の壁という壁には
美しいが幾分黒みがかった壁絨毯が見えるのです

もし私が自分自身の火を

胸の中へ注ぎ込み　そして死せる過去のさまざまな姿を
蘇らせることができ　もし私が轟渡る言葉を
同胞の心へと射つことができさえするならば
その一瞬だけでは
祖先の歌が彼らを動かすかもしれません
彼らは自らの内に　昔の心が打つのを感じ
自らの内に　昔の偉大さが息づくのを感じ
そして　そのときを崇高に生きることでしょう
あたかも彼らの祖先が　かつて全生涯をそのようにして送ったかのように

　しかしなぜ　飛び去った歳月を口にすることがありましょう？
歌唄いだって　自分たちの時代を非難はしないもの
偉大なお方が一人すぐとなりに　達者でおられる――それが理由です
私は彼について歌いましょう――学びなさい　リトアニアの人々よ！

＊＊
＊

老人は黙り込んでしまいました　辺りの様子に耳を傾けています
ドイツ人がその先を歌うのを許すかどうか
大広間の中　一帯には物言わぬ沈黙がありました
この沈黙は　ふだんならば詩人たちを新たに元気づけるはず
そこで彼は歌を始めましたが　それは別の内容の物語でした
声をこれまでより一層　のんびりしたリズムに合わせ
弦を打つのもより弱く　また稀になり
歌から　散文の物語へと移ったのでした

吟遊詩人の物語

リトアニア人はどこから戻って来たのか　戻ったのは夜の軍旅からだ
城や正教会で獲得した　豊富な分捕り品を抱えてきた
ドイツ人の捕虜の群れが手という手を括られ
襟首という襟首に紐をかけられ　勝者たちの駒のそばを駆けている
彼らはプロイセン人たちを見　涙にくれている
カウナスを見　神にその魂を託すのだ

カウナス市中の中央にペルンの野原[12]が広がっている
そこで　リトアニア公たちがドイツ騎士たちを
神の生贄として火葬壇の上で火炙りにするならいだった
ふたりの捕らわれた騎士が　恐れもなくカウナスへと駒を進めている
一人は年若く秀麗で　もう一人は寄る年波で前屈みになっている
彼らは自ら進んで　戦闘中のドイツの軍勢を離脱して
リトアニア軍へと逃亡した　ケストゥティス公が彼らを引き取った
とはいえ彼はふたりを護衛に取り巻かせ　後に従えて城へと先導したのだった
彼は「いかなる国から　いかなる意図でやって来たのか」と尋ねる
「存じません」――若者が言う――「生まれも名前もです
幼時に捕らわれ　奴隷としてドイツ人のもとにおりましたので
憶えているのはただ　リトアニアのどこか　さる大都市の中に
両親の家が建っていたこと　これは木造の都市で
丘陵の上にあり　家は赤煉瓦造りでした
草原の丘陵の上では　樅の茂みが音を立て
森の中央には　白い湖が遥かまで光っていました

あるときのこと　夜　喧騒が夢から私たちを目覚めさせました
火のような日が窓々へと差し　ガラスが割れる音を立て
煙の渦が建物一面に当たって弾け　閃光が霰のように飛び散っていました
恐ろしい叫び声——「武器を取れ！　ドイツ人が町にいる　武器を取れ！」
父は剣を取って飛び出していきましたが　姿を消してそれきりもう帰ってきませんでした
ドイツ人は家へと侵入し　一人は私の後ろに突進してきて
追いつき　私をひっつかんで馬上へ——それから先どうなったかは存じません
ただ私の母の叫び声が長い長い間聞えていました
剣のぶつかる音の中　崩れ落ちる家々の音がし
この叫び声が長いこと私を追いかけ　この叫びが私の耳朶に残りました
今でもなお　火事を目の当たりにしたり　呼び声を耳にしたりすると
あの叫び声が雷鳴の後の洞穴の谺のように
魂の中に目覚めるのです
これだけがリトアニアから　両親から
持ち出した物の一切です
時折夢の中で　尊敬する母と父　それに兄弟たちの姿を見ますが

得体のしれぬ靄のように次第に遠ざかり
いよいよ厚く　いよいよ暗く　彼らの面影は隠れていきます
子ども時代は流れ去り　私はドイツ人の間にドイツ人として暮らしました
ヴァルターという名を持っていました[13]　字《あざ》名もアルフとつけられました
名はドイツ風ですが　リトアニアの心はそのままでした
祖国に対しては悲嘆　異邦人に対しては憎悪が残りました
騎士団の総帥ヴァインリッヒは　宮殿の中に私を匿い
彼自ら立合い人になって私を洗礼させ　息子のように温かく愛護してくれました
私は宮殿の中で退屈し　ヴァインリッヒの膝元から逃げ出して
老吟遊詩人の許へ参ったもの　そのころ　ドイツ人の中に
リトアニアの吟遊詩人がいたのです——何年も前に捕虜にとられ
軍の通訳を務めていました　この者は私について
孤児でありリトアニア人であることを知ると　よく私を自分の許に呼び寄せ
リトアニアについて物語り　憧憬する魂を
さまざまな愛情と祖国の言葉の響き　そして歌によって目覚めさせていたのです
彼は私をよく　青きニェメンの岸へと連れて行きました

私はそこから　祖国の懐かしい山々を眺めるのが好きでした
城へ戻ろうとするとき　老人は私の涙を拭いてくれました
それは疑惑を起こさせないためでした　涙は拭きましたが
ドイツ人に対する復讐心は燃え立たせたのです　忘れもしませんが城へ帰って
密かにナイフを研いだものでした――復讐の快感のようなものを覚えました
ヴァインリッヒの絨毯掛けを切り裂いたり　鏡を壊したりしました
彼の光る楯へと砂を投げたり　唾を吐きかけたりしました
少年時代になると　私はよくクウェイペダ港から
老人と船に乗ってリトアニアの河岸を訪れました
私は祖国の花を手折りました　するとその魅するような香りが
魂の中に　曰く言い難き昔日の暗い思い出に息を吹き込むのでした
その芳香に酔いしれて　私は子どもに戻ったようでした
両親の庭園で　幼い弟たちと遊んでいるように感じたのです
老人は思い出を助けてくれました――草や花よりもきれいな言葉で
幸せな過去を描いてくれました
故郷で　友や親類縁者の間で　若い時代を送るのは

なんという幸せか――いったいどれだけのリトアニアの子どもたちが
このような幸せを知らずに　十字軍騎士団の頸木の中で泣いているのか
そのとき私は草地の上に聞きました――いやそれは
それは胸を轟かせる白い海に囲まれ
泡立つ砂の咽喉から流れを吐き出しているポウォンガの町の海辺でのことでした――
「ご覧」――老人は私に言ったものです――「岸辺の縁の絨毯を
今は砂がそれを包んでいる――あの香しい草をご覧
その額に力を込めて今なお　命取りの覆いを突き破ろうとしている
ああ！　それも空しい　新しい水蛇《ヒドラ》が突進してきて
真白い鰭《ひれ》を見せ　生きた岸を打ち負かし
辺りに荒れた砂漠の王国を広げているから
息子よ　春の収穫が生きたまま　自由を奪われている
打ち負かされた民草――それが私たちリトアニア人
息子よ　砂が海の向こうから嵐に蹴散らされて襲ってくる――これが十字軍騎士団」
聞いていると胸が痛みました　私は十字軍騎士団を殺戮するか
リトアニアへ逃亡しようと望みましたが　老人はその勢いを押し留めて

郵便はがき

料金受取人払郵便

神田局
承認

4803

差出有効期限
平成32年6月
7日まで

101-8791

504

東京都千代田区
猿楽町2-5-9
青野ビル

㈱未知谷 行

ふりがな ご芳名 E-mail	年齢 男 女
ご住所 〒 Tel. - -	
ご職業	ご購読新聞・雑誌

愛読者カード

ご購読ありがとうございます。誠にお手数とは存じますが、アンケートにご協力下さい。貴方様の貴重なご意見ご感想を賜わり、今後の出版活動の資料として活用させて頂きます。

◆本書の書名

◆お買い上げ書店名

◆本書の刊行をどのようにしてお知りになりましたか？

書店で見て　広告を見て　書評を見て　知人の紹介　その他

◆本書についてのご感想をお聞かせ下さい。

◆ご希望の方には新刊書のご案内をさせて頂きます。　要　不要

通信欄（ご注文も承ります）

「自由な騎士は」――と言うのでした――「自由に武器が選べるもの
それに公然たる対戦場で　同等の力量で戦うことができるもの
おまえは奴隷　奴隷の唯一の武器は陰謀
今しばし留まり　ドイツ人から戦いの術を汲み取るがよい
彼らの信頼を求めるよう努めなさい　それからなすべきことはいずれわかるはず」
私は老人の言いつけには従順でした　チュートンの軍隊とともに出撃しました
しかし最初の合戦で旗差しを認めるとすぐに
わが同胞の軍歌を聞きつけるとすぐに
わが軍の方へ駆け出しました　老人を自分の後に呼び寄せて
あたかもその巣から離されて　籠の中で飼われる鷹のように
捉えた者たちが折檻をもって理性を奪い
そして兄弟の鷹たちと闘わせようと　放すとしても
たちまちそれは　雲の中へと舞い上がり　たちまち両目で
紺碧の祖国のはかり知れぬ領土
自由な空気を吸い　自らの両翼の羽搏く音を聞くのです
狩人たちよ　家に帰りなさい　籠を手に持って鷹を待ちかまえるのではなく！」

若者は語り終えた――ケストゥティスは物珍しげに聞いていたが
もうひとり耳を傾けていたのは　女神のように若く美しいケストゥティスの娘アルドナ
秋は流れ　秋とともに夜長が伸びていく
ケストゥティスの娘は　いつものように　妹や友と連れ立って
機に向かって坐るか　機織りの錘《おもり》で遊んでいる
針が光り　紡錘が素早く回っているとき
ヴァルターはそこに立ち　ドイツ各処の不思議なこと
自分の若かかりしころについて物語るのだった　ヴァルターが話したことの一切が
乙女の耳を捉え　むさぼるような思いでそれを飲み込むのだった
彼女はその一切を空で憶えてしまい　夢で繰り返すのだった
ヴァルターは話した――ニェメン河の向こうの偉大な城や都市はいかなるものか
服装はいかに豊かか　いかに素晴らしい娯楽があるか
闘技場では騎士たちの槍と槍がいかにして撃ち合うか
乙女たちが回廊からこれを見物して　花束を呈する様について
ヴァルターはニェメンの川向うを支配している偉大なる神
それから神聖にして犯すべからざる神の聖母マリアについて語り

その聖母の小さな素晴らしい聖像に描かれた　天使のごときお姿を見せるのだった
若者は　この小さな絵を恭しく　胸の上に携えていた
彼は今日　リトアニアの乙女に聖像を贈った　それは彼女を回心させた
それは　彼がお祈りの言葉を彼女とともに口にしたときだった——彼は
自分にできることの一切を教えようとした
そして困ったことに　彼はこれまで自分にできなかったことも
教えてしまった——恋することを教えたのだ
そして自らも　多くを学んだ——どんな嬉しい感動で
彼女の口からリトアニアの　すでに忘れられた言葉を聞いたことか
新しい言葉が甦るごとに　新しい感情が目覚める
それは灰から火花が燃え上がるかのようだった——それは甘美な名
家族　友情　甘美な友情という名　そして何物よりも
一層甘い愛情という言葉
それに比肩できるものは地上にない——ただひとつ「祖国」という言葉を除いて

「いったいどうしたのか」——ケストゥティスは考えた——「娘の急激な変わりようは？

以前の快活さ　娘らしい愉しみはどこへ行った？
娘たちは皆　祝日にはダンスに興じに行くのに
彼女は独りぼっちで坐っている　またはヴァルターと語り合っている
平日なら娘たちは　針仕事か機織りに精を出す
彼女の手からは針が落ち　機では糸が縺れる
自分でも何をしているのかわかっていない　誰もが私に告げ口する
昨日気づいたことだが　薔薇の花を青く出していたし
木の葉は真っ赤な絹で描き出していた
どうしてそれだけ見ていられるのかと思うほど　娘の目も思いも
ただヴァルターの目を見　ヴァルターの話を求めている
何度問うたことか――「娘はどこへ？」「谷間へ」との答
「どこから戻ったのか？」「谷間から」――あの谷間に何があるのか？
若者は彼女のために菜園を造った　私の城の庭より美しいのか？
（ケストゥティスは自慢の庭を持っていた
　それは林檎と梨でいっぱいで　カウナスの乙女たちを誘っていた）
庭が彼女を誘惑しているのではない――冬　私は彼女の窓を見た

ニェメン河に向いた窓ガラスは　いずれも
きれいに透き通っていて　あたかも五月になっても　氷が水晶を曇らせないかのようだった
ヴァルターが向こうへ歩いていく　すると彼女はあの窓の所に坐って目で後を追い
熱い溜め息で窓ガラスの氷を解かす
私は考えた――彼は彼女に読み書きも教えることだろう
聞くところでは　公爵はいずれも子息の教育を始めたとか
男の子が善良で尚武であること　司祭が書に手慣れているが如しだ
私は彼を家から放逐すべきなのか？　彼はリトアニアにとってとても必要なのだ
軍勢を指揮させてもいちばん　濠に水を張らせてもいちばんだ
電光石火に剣を振るって　ただ一人でわが軍の支えとなる
いざ来れ　ヴァルター　わが婿となって　リトアニアのために戦え！」

ヴァルターはアルドナを娶った――ドイツ人よ　あなた方は考えられるだろう
これで物語はおしまいだと――あなたがたの恋物語《ロマンス》では
騎士たちが結婚する件まで来ると　トルバドゥールは歌を終え
ふたりはその後　幸せに長生きしました　めでたしめでたし……と付け加えるだけだから

ヴァルターは妻を愛していたが　士族らしい魂の持ち主だった
家庭に幸福は見出さなかったのだ――祖国に幸福がなかったから
　雪が消え　早啼き雲雀が歌を囀るとすぐに
雲雀は他国の王に愛情と歓喜を告げ
哀れなリトアニアには　毎年　大火と殺戮を予告した
騎士団の隊伍は　数知れぬ群れを成し　長蛇の列を作っている
すでにニェメン河の向こうの山々から　雲霞のごとき軍勢の合言葉
甲冑の触れ合う音　軍馬の嘶きが谺して　カウナスまで届いている
霞のように露営は広がり　草地一帯を占め
ここかしこに　指揮官の番兵が光り
あたかも嵐の前の稲妻のようだった　ドイツ軍は岸辺に立つと
ニェメン河に渡された橋を打ち捨てて　カウナス一帯を包囲する
昼には破城槌のため　壁や塔が崩れ落ち
夜には破裂する地雷が地中で　土竜《もぐら》のように穴を開ける
火のような天の下には砲弾が軽々と立ち昇り
小鳥の群れめがける鷹のように　高所から屋根へと命中する

カウナスは崩れ落ちて廃墟となり　リトアニア人はケダイネイへと去る
ケダイネイも破壊されて廃墟となり　リトアニア人たちは山や森を防衛する
ドイツ軍は剥奪し　放火し　なおも突破していく

ケストゥティスとヴァルターは　出陣には先頭を駆け　帰還は殿《しんがり》だった
ケストゥティスはいつも平然としていた――幼時から敵と合戦し
襲撃し　勝利を収め　遁走することに慣れていた
先祖たちはいつもドイツ人と戦ってきた――そのことを知っていたのだ
彼は先祖たちの歩んだ道を行って戦い　将来には無頓着でした
ヴァルターの考えは違っていた――ドイツ人の家に養われて
十字軍騎士団の実力を知悉し　その総帥が全ヨーロッパから
軍資金　武器　それに軍勢の数々を徴収したのを承知していたのだ
プロイセン人たちもかつては防衛した　それなのにチュートン人はプロイセンを無力化させた
リトアニア人も　遅かれ早かれ　いずれ同じ轍を踏むだろう――
彼はプロイセン人の悲運を見　リトアニアの将来に思いをいたして　身震いするのだった

「息子よ」――ケストゥティスは叫ぶ――「おまえは破滅的な予言者だ
おまえは私の目から覆いをむしり取ってしまった――深淵をさらけ出すためにだ
おまえの言い分に耳を貸すとき　私の腕が弱り
勝利の希望もろとも　心から勇気が逃げ去るような気がする
そもそも私たちは　ドイツ人と何をおっぱじめようとしているのか?」「父よ」――ヴァルターは言う――
「私の知っている手段はただ一つ　恐ろしいが確かな手段です　残念ながら!
多分いつかそれを打ち明けます」　こうして戦いの後で彼らは語り合うのだった
喇叭が彼らを新しい戦いと敗北へと呼び出す前に　語り合うのだった

ケストゥティスは次第に悲しくなっていく――ヴァルターはすっかり別人になってしまった!
以前からけっして陽気すぎる方ではなく
幸せなときでも一抹の思索の曇りが　彼の面上を陰らせはしたものの
アルドナの抱擁の中では晴れやかな顔と　尋常な顔つきを取り戻し
常に彼女を微笑で迎え　よく気の付く眼差しで別れを告げていたものだった

今や　隠れた痛みが彼を苦しめているように見える！
朝はずっと家の前で両腕を拱ねたまま
遥かに焼き払われた都市や部落の煙を見つめ
それも荒々しい目をしてじっと睨んでいる――夜になると眠りから身を起こし
窓越しに火事のあげる鮮血のような月光を見つめている

「大切なあなた　どうされたの？」――涙ながらにアルドナは尋ねる
「私がどうしたって？　高枕で寝ている――ドイツ人が襲ってきて
寝ている私を縛り　首を絞め　処刑人の手に渡すまでは」
「神よお守りください！　あなた！　望楼は衛兵たちが守っています」
「その通り　衛兵が守っている　私はサーベルを片手に　警戒している
しかし　衛兵が全滅すれば　サーベルはボロボロになる……
いいか　もし老人たち　哀れな老人たちを先立たせて　私が生き永らえるとすれば……」
「神は　私たちに子どもをお授けになりましょう」「そのときドイツが襲撃して
妻は殺される　子どもたちを引き摺って遠方へ拉致し去り
生みの父に鉄砲を放つことを教えるはず

私もたぶん生みの父親あるいは兄弟を殺していたかもしれない――
吟遊詩人がいなければ……」「大切なヴァルター　私たちはリトアニアの
向こうへ参りましょう　ドイツ人から隠れて　森や山に潜みましょう」
「私たちは発つとしても　他の母親や子どもたちを残しておくのかね？
そのようにしてプロイセン人たちは逃げ出したものだった　ドイツ人は彼らをリトアニアへ
　と追い詰めた
もし私たちを山中で探り出したならば？」「また　もっと先へ参りましょう」
「先へ？　先へ？　不幸なおまえよ　さらに遠くリトアニアの向こうへ逃げる
タタール人かロシア人の手にかかるために？」この返答に　アルドナは
狼狽えて黙ってしまった――彼女にはこれまで
祖国が果てしなく長く広い世界の如く思われていたから
リトアニアのどこにも隠れ家がないなど　初耳だったから
両手をしぼって　ヴァルターに訊く彼女――どうすればいいのかと
「手段はただ一つ　アルドナよ　リトアニア人には一つしか残っていない
それは十字軍騎士団の力を破砕すること――私にはその術が見えている
でも後生だから訊かないで！　百回も呪われたとき

そのときには仇敵どもから強いられて　この手段に頼ることにしよう」
それ以上もう話したがらず　アルドナの懇願にも耳を貸さなかった
目の前で見聞きすることは　リトアニアの不幸ばかりで
とうとうおしまいには　敗北と苦難の光景によって　沈黙のうちに育てられた
報復の炎が膨れ上がり　彼の心を包んでしまったのだ
あらゆる感情を消耗してしまったのだ　これまで彼の人生を甘美にした
ただ一つの感情　愛すらも
それはまるで　ビャウォヴィエジャの樫の木のそばで狩人が
こっそり熾した一条の火が　幹の髄深くまで焼き尽くし
森の王者たる樫は　波打つ葉を失い
一陣の風と共に　大枝はすべて枯れ落ち　これまでその額を飾ってきた
ただ一つの緑でさえも　寄生木の樹冠さえも枯らしてしまうかのようだった

　リトアニア人は長らく　海域　山々　森々を彷徨しつつ
ドイツ人を攻撃したり　攻撃されたりしてきた
しまいにルダヴァの原で　壮絶な合戦が戦われた

数万のリトアニアの若者が　斃れた
それと同数の騎士団の指揮官と十字軍騎士団の兄弟も
ドイツ軍はやがて　海の彼方からの援軍が陸路を通り
ケストゥティスとヴァルターは　少数の者たちと山中へ分け入ったが
携えているサーベルは刃毀れし　盾は切り破られていた
埃塗れ血塗れになって　彼らは意気消沈　家へ戻った
ヴァルターは妻の方も見向きもせず　一言もかけなかった
彼はドイツ語で　ケストゥティスと　かの吟遊詩人と話し合っていた
アルドナには訳がわからず　その胸が　世にも恐ろしい災厄を
虫で知らせるのだった——彼らが協議を終えたとき
三人ともアルドナの方へ　悲しい目を向けた
ヴァルターは絶望の声なき言葉で　いちばん長く彼女を見ていた
彼の目から大粒の涙が零れ落ちた
彼はアルドナの足下へ身を伏せ　彼女の両手を胸へと固く抱きしめ
彼のために懊悩したこと　そのすべてに対して　詫びるのだった
「女たちには」——彼は言った——「気の毒なことです　彼女たちが狂人を愛しているのなら

狂人はその目を小村の境の先へと走らせるのを好み
その思いは　煙のようにいつまでの屋根の上を漂っていて
その心は家庭の幸福を満足させることはできない
偉大なる心は　アルドナよ　大きすぎる蜂の巣のようなものなのです
蜜もそれらを満たせず　蜥蜴《とかげ》のねぐらとなってしまうのです
お許し　愛するアルドナ！　今日は家にいたい
今日私はすべてを忘れよう　今日私たちは二人だけだ
二人が昔からしていたように　明日は……」それを言い終える度胸はなかった
アルドナの喜びはいかばかりだったことか！　初めのうちこの哀れな女は
ヴァルターが回心し　平静に　陽気になるのだろうと考えた
さほど考え込んでいるようには見えなかった　目にはより生気が宿り
表情には紅潮が認められる　ヴァルターはアルドナの足下で
夕べをすごした　リトアニアも十字軍騎士団も戦争をも
しばし忘却の彼方へと捨て去って　幸せだったころの話をし
リトアニアへ到着したときのこと　アルドナとの初めての語らい
あの谷間で初めての逍遥　それに子ども時代の一切

また心に記憶された事々　にわかに起こった初恋について語った
またしても彼は　物思いに沈潜し　長い間妻を見つめ
涙が両目の中にますます捩れ　言いたいことはあっても言えなかった
はたして昔の気持ち　昔の思い出の幸福の数々を
それらに別れを告げるためだけに　蘇らせるべきなのか？
語らいのすべて　宵の愛撫のすべては
はたして愛情の灯の最後の閃光なのか？
問うても詮無いこと！　アルドナは見つめ　頼りなげに待っている
部屋から出て　窓ガラス越しに見つめている
ヴァルターは葡萄酒を注ぎ　杯に杯を重ね
そして夜分　かの老吟遊詩人を自分の許に呼び寄せた

太陽が昇るが早いか　歩道を馬の蹄の音が叩く
ふたりの騎士が朝霧をついて　山へと急ぐ
哨兵たちには本当の道を教えなかったが　彼女だけは欺けなかった
愛する女の目は敏感なもの　アルドナは思い当たったのだった――逃走！

彼女は谷間の道を駆けていった　それは悲しい邂逅だった
「お戻り下さい！　ああ　愛しい女よ！　あなたは幸せになれるはずでした！
きっと幸福に　愛する祖国の抱擁の中で
あなたは若くて美しい　慰めを見つけなさい　何もかも忘れて
公爵たちは　かつてそなたに求婚していたではありませんか
そなたは自由です　そなたはかの偉大なる人物の寡婦
その人は祖国のために捨てた――そなたさえも！
元気で　忘れなさい――時折　私のために泣いてください
ヴァルターは何もかも失ってしまいました　ヴァルターは自分ただ一人残ったのです
砂漠の颪のように　世の中をさ迷って
裏切り　殺戮し　そして不名誉な最期を遂げねばなりません
だが何年と過ぎ去った後　アルフの名は改めて
リトアニアに轟き　そしていつの日か　あなたは　吟遊詩人の口から
彼の手柄を聞くでしょう　今は愛しき者よ　こう思ってください
かの恐るべき騎士は　秘密の雲に包まれ
ただ一人そなただけがそれを知っているのだと　私はかつてそなたの夫でした

衿持が　孤児の境涯の慰めになってくれればいいのですが」
アルドナは無言で聞いている　ただし　一言も耳には入らなかった
「お行きになって　お行きになって！」彼女は叫び　我ながら
「お行きになって」という言葉に愕然とするのだった　耳の中ではこればかりが鳴っていた
何も頭に入らず　何一つ頭に留められなかった――さまざまな思い
思い出　未来……その一切が縺れ合ったのだ
彼女が心で推測したことは　このまま帰るべきではないこと
忘れるはずはないということ　辺りを戸惑うように見まわし
幾度かは　ヴァルターの荒々しい眼差しにぶつかった
その眼差しの中に　もはや彼女は以前の慰めは見出せなかった
彼女は何か新しいものを求めたい様子で　四囲を
辺りの砂漠と森林とを　もう一度眺めまわした
ニェメン河の向うの森の真ん中に　高塔が一つ　輝いている
尼僧修道院　物寂しいキリスト教の建物だった
アルドナの目と思いが　その塔にぶつかった
それは一羽の小鳩が風によって　青い海原へひったくられて

得体のしれぬ船の孤影悄然たるマストの上へ落ちたかのようだった
ヴァルターはアルドナの気持ちを了解し　彼女の後を黙って進み
自らの企図を打ち明け　世間には内緒にしておくよう厳命し
そして門のところへ――ああ！　これこそ恐ろしき別れ！
アルフはかの吟遊詩人と出立したまま　これまで消息不明なのだ
呪われてあれ　彼がもしこれまでに誓いを果たしていないとすれば
もし彼が幸福を諦め　アルドナの幸福に毒を注ぎながら……
もし彼があれだけを犠牲にしながら　その身を無駄に犠牲にしたのなら……
未来がその続きは示してくれるだろう　ドイツ人よ　私の歌はこれでおしまいです

＊＊＊

「おしまいだ　やっと終わった」――大きな喧騒が広間に起こります
「それにしても　かのヴァルターとは何者だろう？　彼の手柄とは何だろう？
どこにいるのだろう？　報復とは誰に向けてだろう？」聞いていた者たちは声を荒げます
ただ総帥一人は　ざわつく仲間たちの中で
黙々と頭を伏せて　坐っていました

ひどく興奮して　葡萄酒の入った酒杯を
ひったくるように取っては　しきりに呑み干すのでした
彼の姿には新しい変化が見られ
万感こもごもが　不意の稲妻の中で
燃え盛るのでした　思いは両の頬に交差して
刻一刻　ますます凄絶に彼の額は曇り
唇は真っ蒼になって震え　さ迷う目は
疾風に巻き込まれた一羽の燕のように舞い
ついに彼は　外套を脱ぎ捨てると　人々の輪の中に飛び出ます
「歌の結びはどこに？　今すぐ　私に結びを歌ってくれ！
それとも私に竪琴をよこせ――なぜ震えながら立っている？
私に竪琴を貸せ――杯に注げ
もしおまえが怖いなら　私が結びを歌ってやる

　私はおまえたちを知っている　吟遊詩人の歌はどれも
夜の犬の遠吠えのように　不吉を予告するもの

殺戮　大火を好んで歌うもの
私たちに　名誉と哀愁を残し去るもの
おまえたちの裏切りの歌は　まだ揺り籠の中にいたときに
毒蛇のようだった　稚き幼児の胸に取り憑き
魂の中にむごい毒を注ぎ込む
すなわち　愚かな名誉欲と祖国愛をだ

　毒虫は若者の後をつけて歩くかと思うと
殺された敵の亡霊さながら
祝宴の最中にも　再三現れる
それも祝杯の中に　血を混ぜるためにだ
私は歌を余計に聴きすぎた　ああ！……
なるようになった――私はおまえを知っている　老いぼれた裏切り者よ
おまえの勝ちだ！　戦争は詩人にとっては凱歌だ
私に葡萄酒をくれ　企図は果たされるぞ

私は歌の結びを知っている……いや別の歌を歌おう
私がカスティリアの山中で戦っていたとき
ムーア人たちがバラードを私に教えてくれた
老人よ　曲を弾ぜよ　私の子どもっぽい曲を
それはあの谷間で……あれは祝福のときだった
あの音楽をいつも口遊んだものだった
引き返せ老人　ドイツのプロイセンの
すべての神にかけて……」老人は引き返さねばなりませんでした
彼は竪琴を打ち　曖昧な声で何か呟いて
コンラットの荒っぽい声の前に進みましたが
それはまるで　立腹している主人の前に出た奴隷のようでした

その間に　卓上の蝋燭は全部消えてしまい
長い宴が騎士たちを眠らせていました
しかしコンラットが歌うと　彼らは再び目を覚まし
立ち上がって　疎らだった輪の中に犇めき合いながら

歌の一語一語に無心に注意を向けるのでした

バラード
アルプハラ

もはや廃墟の中にムーア人たちの礎石が横たわり
　民衆は　鉄の手かせ足かせを引いて進み
彼らは今なおグラナーダの要塞を守備しています
　しかしグラナーダには疫病が蔓延

　アルマンゾルは少数の騎士たちと
いまだ　アルプハラの高塔を防衛しています
スペイン人は都の下に軍旗を一面に押し立て
　明日には　急襲をしかけます

日の出ごろ　塔という塔が咆哮します

濠を壊し　城壁を破り
イスラム教寺院からはもう十字架が光っています
スペイン人が城を占拠したのです

アルマンゾルはただ一人　自らの小隊が
頑強な包囲の中で倒されるのを見るや
剣と楯の群れを通り抜けて
脱出し　追跡をまき果せました

スペイン人は城の生々しい廃墟の中
城の残骸とおびただしい死骸の間で
祝宴を張り　葡萄酒を浴びるほどあおって
捕虜と分捕り品を分けるのでした

そのとき扉の脇に立っている哨兵が　武将たちに報告します
異国からの騎士が

重大な報せを携えて
一刻も早くお耳に入れたいと願っていると
これこそイスラムの王アルマンゾルで
安全な隠れ家を離れて
単身スペイン軍の手中に登降し
命乞いのみをしようとするのです
「スペイン人よ」――彼は叫びます――「あなたの敷居の上に
額を打ち付けるためにやってまいりました
あなたの神に奉仕し
あなた方の預言者を信じるためにやってまいりました
栄光は天下に知れ渡るでしょう
敗戦の王たる一アラブ人が
自軍に打ち勝った者の兄弟となって

異国の王冠の家臣となりたがっているのですから」

　スペイン人は勇気を高く買う民族です
　アルマンゾルの正体がわかったとき
司令官は彼を引き寄せ　他の者たちも順々に
仲間の一人であるかのように　挨拶を交わすのでした

　アルマンゾルは一同と挨拶を交わし
司令官をいちばん優しく引き寄せると
　その首を抱き　その両手を握り
彼の口に口を吸いつけるのでした

しかしそのとき　不意に卒倒して　膝の上に身を屈し
　震える両の手で
自分のターバンをスペイン人の脚へ結びつけると
彼の前で　仰向けに床に延びてしまったのです

彼は辺りを眺め渡して　一同を愕然とさせ
　顔面蒼白になると
ものすごい笑いで唇を歪め
両の瞳を血走らせるのでした

「見よ　異教徒ども　私の顔は蒼い　いや白い
　私は何者の使者か　察しがつくか？
私はあなた方を欺いた　グラナーダから戻って
　私はあなた方に疫病をもたらした

　私は接吻で魂の中へ　毒を移したのだ
　それはあなた方を蝕むだろう
みなやって来い　私の苦しみを見ていなさい
あなた方もこのようにして死なねばならないのだ」

彼は身を捩り　叫び声をあげ　両手を伸ばすのでした
まるで　代々に至る固い抱擁で
すべてのスペイン人を　その胸に縛り付けておこうとするかのようでした
彼は笑っています――心からの笑いで

彼は笑っていました――もう息絶えました――まだ瞼が
まだ唇が閉じられていませんでした
地獄のような笑いが　永遠に
冷たい面に残っていました

スペイン人たちは恐れをなして町から逃亡し
ペストが彼らの後を追いかけました
アルプハラの山脈から　足を引き摺って出る前に
彼らの軍隊の残余は斃れてしまったのでした

＊＊
＊

「幾年も昔に　ムーア人たちはこのような復讐を行いました
みなさんは　リトアニア人がどういう報復をするか知りたい？
さて……　もし口約束を成し遂げ
疫病を葡萄酒へと混ぜることになったならば……
いや――ダメだ！　今日では慣習が違っている
ヴィタウタス公よ　今日ではリトアニア公たちが
自分たちの国を私たちに提供しにやってきます
そして　圧迫されている己れの民草に対する報復を求めているようですね！

それでも　みながみな……ああ！　違う！　ペルンに誓って！
リトアニアはまだ……もっと私は歌おう
竪琴よ　私の目の前から消えろ！　弦が切れた
歌はやめよう――だが私は期待している
いつの日か彼らは……　今日は……杯を重ねすぎた
呑みすぎた……騒いでくれ……楽しんでくれ
しかし　そなた　アル……マンゾルは――目の前から消えてなくなれ……老いぼれ

アルバン……おまえも消えてなくなれ——私を一人にしてくれ

そう言うと　おぼつかぬ足取りで元の場所に戻ると
自分の座を見つけ　肘掛椅子に身を投げました
まだ何かを恫喝していました　片脚で一撃すると
杯と葡萄酒の載ったテーブルをひっくり返してしまいました
おしまいに意識を失って　その頭を椅子の肘掛の上に載せました
眼の光はすぐに消え　震える唇を泡が覆い
眠り込んでしまいました

騎士たちはしばらくの間　思いに沈んだまま立っていました
コンラットの悲しい悪癖を承知しているのです
葡萄酒であまりに身が燃え上がると
荒々しい熱情へ　意識を失うまでに沈んでしまうこと
それにしても祝宴の席で！　一同みなの恥！
異国の人々の居合わせるところで　かつてない怒気を帯びたこと！

誰が彼の激情をかきたてたのか　吟遊詩人はどこに？
彼は人群れから抜け出していました　誰一人彼については知りません

ハルバンが変装して　リトアニアの歌を
コンラットに歌って聞かせたという噂が広がりました
この方法で再び彼が　キリスト教徒たちを
異教徒に対する戦争へと駆り立てたというのでした
しかしどういう訳で　総帥は人が変わったようになったのでしょうか
なぜヴィタウタスはあんなにひどく憤激したのでしょうか
総帥の奇怪なバラードは何を意味しているのでしょうか
各々推測の中で探ってみましたが　徒労に終わりました

1　ドイツ騎士団の守護者、古代ローマ末期の殉教者聖ジェオルジオ殉教者の祝日。四月二十四日。
2　祝日には争いをやめることを象徴する、神聖なる平和の印。
3　当初ヴィタウタスは父ケストゥティス公とともにドイツ騎士団と戦ったが、一三八二年に騎士団と（ポーランド・リトアニア連合国王たる）ヨガイラに敵対する同盟を結んだ。

4　（原注）その時代の十字軍の祝宴の合図。

5　スペインのカタルーニャ州北西部に発し、フランス南西部を流れる川。

6　（原注）『グラジナ』の注19を参照せよ。

そこに書かれているのは、ドゥゼナー・フォン・アルベルク総帥に対するのと同様の出来事である。

ヴィンリヒ・フォン・クニプロデ総帥が選出されたのを祝う大饗宴の席で、ドイツの宮廷詩人は拍手喝采と黄金の杯に飾られて歌った。詩人がかくも歓迎されたのを見て、その場にいたリクセルスという名のプロイセン人は、思い立った――母国リトアニアの言葉で歌う許しを請うと、リトアニア民族最初の王ヴァイデヴトの事業を讃えたのだった。総帥と十字軍騎士はリトアニアの言葉を理解せず、またそれを好まず、詩人を嘲笑い、贈り物として中身のない木の実を載せた皿を手渡した。

7　（原注）リトアニアの庶民は病気を感染させる空気を乙女の姿で表象しているが、ここではその出現が民話にある通り、恐ろしい疫病に先立って叙述されている。私がかつてリトアニアで耳にした一つのバラードの要旨を引用する――「村に疫病を感染させる女幽霊が現れ、例によって例のごとく、扉または窓から片手を差し入れ、一枚の赤い布を振りながら彼女は家めがけて死をばらまくのだった。住民たちは家々の中に閉じこもったが、空腹その他の必要が否応なしにこうした用心を疎かにさせ、一同は死を待つことになる。さる士族が、食料も十分備蓄しており、いちばん長い間この不思議な包囲を持ちこたえることができたのだったが、それにもかかわらず、隣人たちのためにわが身を犠牲にしようと決心する。ジグムント三世王（ポーランド王在位一五六六～一六三二）時代の剣を手に取ったがその上には、「キリストの名と聖母マリアの名において」と刻み込まれていた。このように武装して、彼は自分の家の窓を一つ開いた。この士族は一薙ぎでその化け物の片腕を切り落とし、その布を手に入れた。彼は死し、それに彼の家族全員も死に絶えはしたが、以後疫病の感染はその村ではたえて知られなくなった」この布は教会に保存されていたに相違ないが、どの町のかは、私は記憶していない。東の国ではペストが発生する前には、一匹の蝙蝠の羽根の上に乗った幽霊が姿を見せ、そしてその指で、死ぬべく運命づけられた者たちを指すとの由である。一般の想像がこれと同様な不思議な警報を表そうと欲したかのように思われ、それは個々の人士に限らず民族全体が、往々にして共有した。かくしてギリシャでは、ペロペソス戦争の長い継続と恐ろしい結果があったし、ローマでは君主制の没落があり、アメリカにはスペイン人の来航があった。

8　現在のポーランドとベラルーシの国境にまたがる原生林。

9　神のお告げを記した板を収める小箱。イスラエルの民は、神のお守りの象徴として、遍歴のとき持ち歩いたという。

10　ヘブライ神話の大天使ミカエルを指す。イスラエルの守護者で、天使の大軍を率いてサタンと戦った。

11　旧約聖書「エゼキエル書」（37：1-14）を基にしている。「主の手がわたしの上に臨んだ。わたしは主の霊によって連れ出され、ある谷の真ん中に降ろされた。そこは骨でいっぱいであった。主はわたしに、その周囲を行き巡らせた。見ると、谷の上には非常に多くの骨があり、また見ると、それらは甚だしく枯れていた。そのとき、主はわたしに言われた。『人の子よ、これらの骨は生き返ることができるか。』わたしは答えた。『主なる神よ、あなたのみがご存知です。』そこで、主はわたしに言われた。『これらの骨に向かって預言し、彼らに言いなさい。枯れた骨よ、主の言葉を聞け。これらの骨に向って、主なる神はこう言われる。見よ、わたしはお前たちの中に霊を吹き込む。すると、お前たちは生き返る。そして、お前たちはわたしが主であることを知るようになる』わたしは命じられたように預言した。わたしが預言していると、音がした。見よ、カタカタと音を立てて、骨と骨とが近づいた。私が見ていると、見よ、それらの骨の上に筋と肉が生じ、皮膚がその上をすっかり覆った。しかし、その中に霊はなかった。主はわたしに言われた。『霊に預言せよ。人の子よ、預言して霊に言いなさい。主なる神はこう言われる。霊よ、四方から吹き来れ。霊よ、これらの殺されたものの上に吹きつけよ。そうすれば彼らは生き返る。』わたしは命じられたように預言した。『人の子よ、これらの骨はイスラエルの全家である。彼らは言っている。〈我々の骨は枯れた。我々の望みはうせ、我々は滅びる〉と。それゆえに、預言して彼らに語りなさい。主なる神はこう言われる。わたしはお前たちの墓を開く。わが民よ、私はお前たちを墓から引き上げ、イスラエルの地へ連れて行く。わたしが墓を開いて、お前たちを墓から引き上げるとき、わが民よ、お前たちはわたしが主であることを知るようになる。また、わたしがお前たちの中に霊を吹き込むと、お前たちは生きる。わたしはお前たちを自分の土地に住まわせる。そのとき、お前たちは主である私がこれを語り、行ったことを知るようになる』と主は言われる。」（新共同訳）

12　中世のカウナスにはこの地名の場所はない。ペルンの語源は、「雷神」。

13　（原注）ドイツの騎士ヴァルター・フォン・スタディオンはリトアニア人によって捕らわれ人となり、ケストゥティスの娘を娶り、彼女とともに密かにリトアニアを立ち去った。子ども時代に連れさられてドイツ人の中で育てられたプロイセン人やリトアニア人が国へ帰還し、ドイツ人たちの最も手ごわい仇敵となったことはしばしば起こったことである。ドイツ騎士団史の中に記憶されているヘルクス・モンテはかくのごときプロイセン人の一人である。

V

戦争[1]

戦争――コンラットはもはや　血気に逸る民衆も
評議会の説得も抑えられなくなりました
国中が久しく　リトアニア人の襲撃　それに
ヴィタウタスの裏切りへの報復を叫んでいるのです

ヴィタウタスは十字軍騎士団に助力を乞います
首都ヴィリニュスを取り戻すために
饗宴が終わり　間もなく十字軍騎士団たちが
戦場へ馳せ参ずるという噂を聞いた今

注　132〜133頁

彼は企図を変え　新しい友情を裏切ると
己が騎士たちを　密かに連れ去ったのでした

道中　チュートン人の城へ
総帥からの命令と見せかけて入場しますが
すぐに　武器を解除して
一切を火と剣で壊滅させたのでした
騎士団は恥辱と激怒に焚きつけられて
異教徒に対し　十字軍戦争を引き起こしたのでした
教皇の命令が出ます——海陸を
数えきれないほどの戦士たちの群れが進軍し
強力な諸公が家臣軍とともに
深紅の十字で甲冑を飾り
各々それに命の誓いを立てています
目的は　異教徒たちの洗礼　または殲滅

彼らはリトアニアに向かいました　そこで何をしたのか？
もしあなたが知りたいならば　塁壁の上に屈んで
日が傾いたときに　リトアニアをご覧なさい
あなたは月を見るでしょうが　それは天空の円天井の
光のような流れを流しています――
襲撃戦の記録なのです
それは容易に描写できます――殺戮　剥奪　放火
それに愚かな連中を陽気にさせる閃光なのです
そしてその中に　賢者たちが恐怖心をもって聞き届けるのは
神に対して復讐を叫ぶ声でした

　風は火事をますます遠くまで運び
騎士たちはさらにリトアニアの深部へと疾駆し
カウナスを　ヴィリニュスを包囲したとの報せが届きます
おしまいに報せも　使者も届かなくなりました
もはや辺りに炎は見えず

天空はいよいよ彼方まで赤くなっていきます
プロイセン人たちは打ち破った各地方から
捕虜やたくさんの分捕り品を　待ち構えているのです
追手たちを報告に派遣しますが　徒労に終わります
急ぎ出かけて行ったきり　戻っては来ないのです
恐ろしい不安を一人一人が解釈しています
たとえ絶望でも待つ方がましだと思ったことでしょう

　秋はすぎて　冬の冷たい吹雪が
山々に咆え　道をぬかるみにし
再び　遠くから天空に光るものが……
極光か？　あるいは兵火か？
それはいよいよはっきりと炎の閃光を打ち
天はますます近くまで　赤みを帯びてきます

民草は　マリエンブルグから道路の方を見つめています

遠くからすでに見えています——雪を抜けて　蹄の音を立ててくるのは
数人の旅人——コンラットか？　我が国の指揮官たちはどこに？
彼らをどのように迎えるか？　勝ってきたのか？　それとも敗走してきたのか？
他の諸部族は？　コンラットは右手を挙げました
それから彼は　バラバラな人の群れを指図しました
ああ！　彼らのあり様！　それ自体が秘密を暴いていました
秩序もなく駆け　雪を積み上げた塚に潜ってしまう
倒れ　狭い容器の中で　押しめき犇めき合って
一蓮托生に死に果ててゆく　卑しい昆虫のよう
死骸めがけてよじ登り　それによって持ち上げられた者どもの
新しい群れが　またしても下へ轢かれていくのです
ある者は今だに　用を成さぬ脚を引き摺り
ある者は駆けながら　突然道に凍り付いてしまいます
彼らの両手を差し上げ　立ち尽くしたままの死骸の数々が
道路の標柱のように　町の方向を指し示しているのです

人々は驚き　かつ好奇心をもって　町から駆け出し
推測を恐れ　何一つ尋ねもしません
この不運な遠征の物語の一切を
彼は騎士たちの目と顔の中に読み取ったからでした
彼らの目の上には　冷たい死が垂れかかり
飢餓の女神パルピアが　彼らの顔を吸い取ってしまって
リトアニアの追跡者たちの喇叭を聞くかと思うと
旋風が雪塊を牧草地めがけて転がすのでした
痩せた犬の大群が遠吠えし
そして頭上では烏の群れが啼いています

万物は死んでしまいました　コンラットが全滅させてしまったのです
大剣を振るえば　あんな名誉を手に入れた彼が
かつてその慎重な行動を誇りとしていた彼が
最後の一戦では臆病で　不用心で
ヴィタウタスの狡猾な陥穽を見抜けないまま

欺かれ　盲目的な復讐の念に駆られて
軍隊をリトアニアの草原へと駆り立てて
ヴィリニュスをあまりにも長く　あまりにも無気力に包囲していたからです

　食料と穀物が使い果たされ
飢餓がドイツの軍営を襲い
敵が辺り一面に散らばって
派遣隊を滅ぼし　輸送隊を断ち切り
毎日　この惨めさから何百ものドイツ人が斃れていきました
戦争に終止符を打つべく　急襲をしかけるべき潮時
それとも　速やかな撤退を計画すべき潮時でした
そのときヴァレンロットは自信に満ち　沈着で
狩猟に出かけるか　自分の天幕の中に閉じこもって
密かに策を練るのでしたが
指揮官たちは評定の席へは入れたがりませんでした

　このようにして　戦争の熱の中で　彼だけは氷結していました
己の民草を涙によって釘付けのままにして
敵からの防衛に剣を振るいはしなかったのです
胸の上に手を拱いて
終日思いに沈むか　ハルバンと駄弁っているのでした
そのころ　冬が雪を堆く積もらせ
ヴィタウタスは　精鋭部隊をかき集めて
ドイツ軍を包囲し　宿営を襲撃したのでした
ああ！　勇敢な十字軍騎士団の歴史のなんという恥辱でしょうか！
大総帥が真っ先に戦場から逃げ出したのです
月桂冠と豊富な分捕り品の代わりに
リトアニア勝利という報せをもたらしたのですから

　あなた方はご覧になったことがありますか　かの敗北から
彼が　亡霊の軍隊を家まで先導してきた様を？
陰鬱な悲嘆が彼の額を曇らせ

苦痛の虫がその顔から這い出していました
コンラットも苦悩していたのです――しかしその目を見てごらんなさい
大きな半眼に開かれた瞳は
横目ににらみつけた目から明るい閃光を発していました
まるで戦争で人を脅かす彗星が
一瞬ごとに　夜の輝きのように　変化するのに似ていました
激怒と歓喜が一つになって同時に
サタンの言葉のようなもので　輝くのでした

　人々は震え　呟きました　コンラットはそれには頓着しませんでした
彼は気乗りのしない騎士たちを評定へと呼び寄せました
彼は見つめ　演説し　頷きました――ああ恥辱よ！
一同熱心に聞き入り　皆彼を信じました
人の過ちの中に　神の裁きを見ているのです
人間のうちいったい誰が　説得されないでしょうか――恐怖に

待て！　高慢なる支配者よ！　そなたにも神の裁きがあるはず
マリエンブルクに地下室があるのを　私は知っています
そこで夜が　町を暗闇のとばりの中に埋めるとき
秘密法廷[2]が会議を開くために召集されるのです

そこではランプが一つ　広間の円天井にあって
昼も夜も燃えています
十二の椅子が首座の周りに立ち
首座には法規の秘密の書が一冊
十二人の判事が　いずれも黒づくめで会同し
みなの顔は仮面で覆われ
地下室の中で一般の人々から牙を隠し
一人ずつ向かい合って　仮面に秘密を隠しているのです

一同みな　自発的に宣誓し　評議一決の上
自分たちの強大な支配者たちの

世界を脅かす隠れた犯罪を罰するのです
やがて最後の決定が下ると
実の兄弟といえども容赦はありません
各々　強制的にかそれとも欺いて
有罪を決定した判決を執行する責任があります
各人手には短剣　腰には大剣を帯びています
　仮面の一人が首座へと歩み寄り
　剣を手に騎士団の法規の書の前に立ち
　　言いました――「厳格なる判事たちよ！
もはや私たちの容疑は　証拠によって固められました
コンラット・ヴァレンロットと呼ばれる人物は
　　正銘のヴァレンロットではないのです
彼は何者でしょうか？　判然とはしません　十二年前に
彼がどこから　ライン川沿いの国へ到来したかは知る由もありません
ヴァレンロット伯爵がパレスティナへ赴いた折
彼は伯爵の一行中にあって　従士の服装をつけていました

やがて騎士ヴァレンロットは　どこかで消息を絶ったまま　死亡しました
その殺害を疑われる　かの従士は
　パレスティナからひそかに姿を消しました
　そしてスペインの岸辺に到着しました
そこで彼はムーア人との合戦で　豪胆の証拠を見せ
武術競技であまたの褒賞を獲得し
至る所で　ヴァレンロットの名の下に名声を博したのでした
　挙句の果てに彼は騎士団員の宣誓を行い
　騎士団の運命を担う総帥になり果せたのです
彼がいかに支配したかは　誰もがご存知でしょう　あの昨冬
冬将軍と飢餓　並びにリトアニア人と私たちが戦っていたころ
コンラットは単身　森や樫の林に出かけては
ヴィタウタスと秘密の会話を交わしていました
私の密偵は　ずっと以前から　彼の行動をつけてきましたが
夕べともなれば　彼らは塔の角の下に身を潜めました
コンラットがあの女隠者と何を話していたかは　わかりませんでした

しかし　判事たちよ！　彼はリトアニア人の言葉で話していたのです
私たちに秘密裁判の使者が
先ごろこの人物について報告したこと
及び　新たに私たちの密偵が報告するところ
ほとんど公然たる噂が声を大にしていることを　考えたうえで
判事たちよ！　私は総帥を告発します
欺瞞　殺人　背信　裏切りを」――

ここで告発人は騎士団の法規の書の前に一礼し
そして磔刑のキリスト像の上へ片手をのせ
報告の真実性を
神と救世主の苦難にかけて誓いました

彼は黙り込みました　判事たちはその案件を検討しています
しかし声一つなく　ひそやかな相談もありません
わずかに視線を投げたり　頭を振ったりして

深く厳しい瞑想を表すだけです
順番に一人一人首座に近寄り
探検の刃で法規の書のページをめくり
法規を小声で読み上げるのでした
良心の判断を尋ねるばかりでした
判断を下すと　両手を心臓に置いて
全員一斉に大きな声を挙げました――「禍あれ！」
そして再び谺をもって　壁が繰り返すのでした
「禍あれ！」と――この一つの唯一つの言葉の中に
判決のすべてがありました――　判事たちは了承し
十二本の剣を高く持ち上げました
その全部が狙うのは　コンラットの胸　それだけ
全員黙って外に出ました　もう一度だけ
壁が谺をもって　彼らの後に繰り返すのでした――「禍あれ！」

1　（原注）この戦争の模様は歴史に則って描写されている。

2　（原注）中世において強大な公爵や男爵が往々大罪を犯したころには、通常の法廷当局があまりに弱体すぎて彼らを抑えることができなかった。そのとき、秘密の友愛会が組織されたが、その会員たちは互いに相識ることなしに、宣誓によって有罪者たちを処罰する責任があり、彼ら自身の友だちや肉親といえども容赦はしなかった。これらの秘密の判事たちが死刑の判決を宣告したら、運命づけられた者は窓の下へか、それともどこであれ彼のいる場所で、「Weh!（禍あれ！）」と告げられた。三度繰り返されるこの言葉が警告だった。それを聞いた者は誰でも死ぬ用意をしたが、その死は不可避に、不意に、不詳の者の手によって受けることになった。この秘密法廷 Vemgericht はまたは「ヴェストファァリア法廷」と呼ばれた。それがいつ起こったかを言うのは困難だが、カール大王によってはじめられたという者もいる。最初は必要に迫られて、後にはさまざまな濫用へと変じ、それで各政府は判事たちを繰り返し威嚇した後、ついにその制度を全廃することを余儀なくされた。

VI

別れ

冬の朝——つむじ風が吹き　雪が降っています
ヴァレンロットは　つむじ風と雪の中を飛んでいきます
湖の岸辺に停まると　すぐに彼は叫びます
剣で塔の壁を叩きながら
「アルドナ！」——彼は叫びます——「ぼくたちは生きているんだ　アルドナ！
あなたの愛しい男が戻ってきたのです　誓いは果たされました
彼らは滅びました　すべては実現しました」

注
無

女隠者

アルフ？　あれはあの人の声？　私のアルフ　愛しい人！
どうしたの？　もう平和になったの？　あなたは元気でお戻りになったの？
もうどこにもいらっしゃらないの？

コンラット

ああ！　後生だから
何も聞かないで――お聞き　私の愛しい人よ
お聞き　それも一語一語に気を付けて
彼らは死んでしまった――あの火事が見える？
見える？　あれはリトアニア人がドイツ人から国を守っているのです
百年間　騎士団の痛手は癒えないでしょう
私は　頭が百もある怪物の心臓を打ったのです
彼らの力の源である財宝は使い果たされ
街は灰燼に帰しました　血は海となって流れ
私がそれを行い　誓いを果たしたのです

地獄ですら　これより恐ろしい復讐は思い付きはしませんでした
私はこれ以上は望みません　所詮私も人間
私は青年時代を　嫌悪すべき偽善の中
血生臭い強奪に費やしてしまい
今日では寄る年波で　身は屈み
裏切りが私を飽き飽きさせ　戦闘する力もなくなりました
復讐はもうたくさん　ドイツ人も人間なのです
神は私の蒙を啓いてくださいました　私はリトアニアから帰ったところです
私はかの町　あなたの城を見ました
カウナスの城はもはやただの廃墟にすぎません
私は目を背け　早駆けで
あの私たちの谷へと急ぎました
何もかもが昔ながら　繁みも花も同じ
一切があの夕べのままでした
私たちが　何年も前に　あの谷間に別れを告げたときのままでした
ああ！　私にはつい昨日のことのように思われます

岩——憶えていますか——あのそびえ立つ岩を
あれはかつて　私たちの逍遥の目標でしたね
あのときのままに立っていました　ただ苔むしていました
緑で覆われているのを認めると　私はすぐに
草をむしり取って　岩を涙で拭い去りました
芝草でできた席　夏の酷暑の後
あなたは楓の木の間に憩うのが好きでしたね？
あの泉　そこで私はあなたのために飲み水を探したものでした
私は何もかも見つけ　眺めまわし　歩き回りました
あなたの小さな庭も残されています
私は枯れた柳で囲っておきました
あの枯れた柳です　奇蹟のように残っていました　アルドナよ！
昔私の手で乾いた砂地の中へ突き刺しておいた柳が
今では　あなたには見分けられないでしょう　立派な樹となり
その上に春の葉が息吹き
若々しい花の和毛が舞い上がっているのです

ああ！　あの光景　未知の慰め
幸福の予感が心を活気づけるのでした
柳に口づけしつつ　私は跪くと
「わが神よ！」――私は言いました――「成就させてください！
私を祖国の方へお返しください！
そのとき私たち二人に　リトアニアの農地に住み
もう一度　蘇ることを――私たちの運命ももう一度
青々とさせ給わんことを！」

「そう　帰りましょう！　お許しください！　私は騎士団を支配しています
石堂を開けるよう命じましょうか　しかし何のための命令か？
この門が鋼鉄より千倍も硬くても
私は叩き壊し　助け出して見せましょう
ああ　愛しい人！　私たちの谷間へ
それとももっと先へ行こうか――リトアニアには砂漠があって
ビャウォヴィェジャの森の静かな木陰があります

そこでは外敵の剣の刃の撃ち合う音も聞こえず
誇りやかな勝者の喧騒もなく
戦いに敗れた私たちの兄弟の呻き声もありません
静かな羊牧童の囲いの真ん中で　静寂の中
あなたの手の上で　あなたの胸のそばで
私は世の中に異国民がいること
別の世界があることを忘れて　お互いのために生きましょう
帰りましょう　言っておくれ！　許しておくれ！」——アルドナは黙りこくったまま
コンラットも口を閉じ　答えを待っています
そのとき血のように真っ赤な朝日が天空に輝きました
「アルドナよ　後生だから！　朝は私たちの邪魔をする
人々は目覚め　哨兵どもは私たちを掴まえるでしょう
アルドナ！」——そう叫んで　待ちきれずに身を震わせました
声にはならず　彼は目で彼女に懇願すると
絞った両手を高く差し上げて
跪き　そして哀れみを乞いつつ

冷たい塔の壁をかき抱き　接吻するのでした

「いいえ　もう遅すぎます」――彼女は悲しい
しかし落ち着いた声で言いました――「神は私に力をお与えになるでしょう
神は最期の責めから　私を隠してくださるでしょう
ここへ私が参りましたとき　私は敷居の上で誓いました
墓場へ出るのでなければ塔からは出ません
私は自分と闘いました――今日はあなた　私の愛しい人
あなたは神に背きながら　私には力を与えてくださる
世間へ引き戻したがっておられる　誰を？　惨めな幽霊をです
考えてもご覧になって　ああ　お考えになって　もし私が正気を失って
促しに応じるにしても　この洞窟を捨てるにしても
そして　情熱をもってあなたの両腕の中に倒れるとしても
あなたには私が見分けられないでしょう　私に挨拶をなさらないでしょう
あなたは目を背け　そして当惑してお尋ねになりますわ
「この恐ろしい幽霊が　かのアルドナなのか？」と

そしてあなたは光の消えた瞳の中と
顔の中にお探しになりますわ……ああ！　思うだけでも胸が痛みます……
いいえ　決して女隠者の惨めな顔を
麗しいアルドナの顔とはしないでください

私自身――白状いたします――許してください　私の愛するあなた
月が一層　生き生きとして光で輝くごとに
あなたの声を聞くとき　私は壁の後ろへ身を隠すのです
あなたを　ねえあなた　近くから見たくはありません
あなたは多分　今日ではもう
何年も昔のあなたではないでしょう
あのときあなたは私たちの一行とともに　お城にお出でになった
でも今なお　私の胸の中にはあなたの同じ目
同じ顔　姿　服装がそのままに残っております
ちょうど美しい蝶が　琥珀の中に溺れて
いつまでも完全な姿を保つように

アルフ　私たちには昔のままにしておく方が
およろしいわ　ちょうど私たちがかつてそうであったかのように
もういちど二人が相結ばれることができるように——ただしこの世でではなしに

　美しい谷間は幸福なままにしておきましょう
私は私の石室の静寂が好きです
私には幸福は十分です　お達者なあなたにお目にかかれて
優しいあなたの声を毎晩お聞きできただけで
この静寂の中で私は　愛しいアルフよ！
私は一切の苦悩を和らげられましょう
もはや　裏切り　殺人　それに放火はおやめになって
もっとしばしば　そして早く　通って来てくださいませ

　もしもあなたが——聞いてちょうだい——あの平地近くのあの園と同じような
緑の園をお植えになって
あなたの大好きな柳　そして花々

谷間のあの岩さえをも移し植えられるのなら
時折は近在の村の子どもたちに
祖国の木々の間で　楽しませ
祖国の草を、花束の中に織り込み
リトアニアの歌を繰り返し歌わせてちょうだいね
祖国の歌は沈んだ思いを助け
そしてリトアニアとあなたについての夢を移し植えるでしょう
それから　それから　私が死んだ後
アルフの墓の上ででも　彼らに歌わせてください」

　アルフはもう聞いていませんでした　彼は荒れた岸辺を
考えも願望もなく　さ迷っていました
あそこでは氷の山が　あそこでは原生林が彼を誘っています
荒れた景色の中　にわかに駆け出しながら
彼は一種の安堵——倦怠感を見出すのでした
冬の氷雨の中　彼は重苦しく　息苦しく感じていました

彼は外套　具足を引き剥ぎ　衣服を引き裂いて
胸から悲嘆以外の一切を打ち捨てました

暁とともに彼は街の胸壁に突き当たって
何かの影を見　立ち止まって　その正体を探ります
影はさらにその奥へと回り　足音を忍ばせて
雪をついて　胸壁の中へ消えました
ただ声が聞こえるのみです――「禍あれ！　禍あれ！　禍あれ！」

アルフはこの呼び声に我に返ると　考えに沈みました
しばしの間考え　何もかも了解しました
剣を取り出し　前後左右に回って
落ち着かぬ目で後を追っています
辺りには人影一つありません　ただ野原越しに降る雪が
塊を成して飛び　北風が音を立てているのでした
彼は岸辺を眺め　万感交々佇むと

おしまいにゆっくりとよろめく足取りで
もう一度　アルドナの塔の下に戻ってきます

彼は彼女を遠方から認めました　また窓辺にいたのです
「お早う！」――彼は叫びました――「幾年もの間
私たちは　夜ばかりに逢ってきました
今は「お早う！」　なんと有難い予感だろう！
初めて「お早う！」と言う　あんなに長い年月を経て！
察してもみてください　なんのために私がこんなに朝早くやって来たのか？」

アルドナ
「察してみたくなどありません　お達者でいて　友よ
もう明るすぎます　もしあなたが見つかってしまったら……
促すのはおやめになって――夕方まで御機嫌よう
外へ出ていくことはできません　行きたくもありません」

「もう間に合わない！

アルフ

木の枝を投げておよこし
私が何をお願いしているのかわかりますか？　木の枝を投げておよこし
いやあなたは花は持っていない　それなら着物の縫い糸か
それともあなたの巻毛から芯を一つ
あるいは塔の壁から小石の一つを投げておくれ
私は今日それが欲しい　明日はお互いに生きてはいるまい
私は記念に何か　生々しい贈り物で
本日はまだ　あなたの胸にあるものが欲しいのです
その上にまだ新しい涙の一滴が流れているようなものが
私は死ぬ前に　それを胸に押し当てたい
それに末期の言葉をもって　別れを告げたいのです
私は間もなく死ななければなりません　二人は同時に死にましょう
あの近くの町外れの胸壁の銃眼が見えますか？
私はあそこに住むことにしましょう　しるしとして毎朝

私は黒いハンカチを回廊の上から外にぶら下げておきます
それに　格子窓のところへ毎晩ランプを灯しておきましょう
いつまでも見ていてください　もし私がハンカチを投げ落とすか
ランプが暁になる前に消えてしまったなら
あなたの窓をお閉めなさい――私はもう戻っては来ません

「ではお元気で！」――彼は立ち去り姿を消しました　アルドナは
まだ見つめつづけ　格子窓に凭れかかっています
早朝は刻々と過ぎていき　太陽は沈んでいきました
それでもまだ長い長い間　窓には
彼女の白い長衣が風になぶられています
そして大地の方へ延ばされた両腕が見られるのでした

「とうとう日は沈んだ」――アルフがハルバンに言いました
銃眼の窓から太陽を指さしながら
早朝から彼は　そこに閉じこもっていました

坐って　女隠者の窓をじっと見つめていたのです
「私に外套と剣をくれ　達者でな　忠義な臣よ
私はあの塔へ行く――いつまでも達者でな
多分永遠に！　聞けハルバンよ
もし明日　太陽が輝き始めても
私が戻ってこなければ　この住処を見捨てなさい
私はまだ何か　あなたに命じたいのだが――
どんなに寂しいことか！　天の下にも上にも
誰一人　どこにも何一つ　別れを告げる者が
最期になってもいないとは――彼女とおまえ以外にはだよ
達者でな　ハルバンよ　彼女は見るだろう
あなたはハンカチを打ち捨てよ　もし明朝……
だがあれは何だ？　門扉を叩いている音がする」

「誰か？」――三度門の衛兵が誰何します
「禍あれ！」荒々しい声が叫びます

番兵は抵抗もできず
門は強い打撃を押し留めることはできませんでした
もはや一同は下の回廊を駆け抜けると
もはや鉄の湾曲した入り口を通り抜けて
ヴァレンロットの方へと　家の子郎党が報告にやって来て
甲冑に身を固めた足音が響き渡ります
アルフは二重扉に掛け金を掛けて塞ぎ
剣を取って　食卓から杯を取るや
窓の方へと少し進み出ました――「来るべきものが来た！」叫んで彼は
酒を注いで呑み干しました――「爺や！　そなたの手へ！」

ハルバンは顔面蒼白となり　片手を捩って
飲み物を叩き落としながら　身を引いて　考え込んでいます
扉の向こうで次第に近づいてくる響きに耳を傾け
片手を伸ばします――奴らだ――もはやここまでやって来たのです

「爺や！　あの轟音が何を意味するかわかるか
あなたは何を考えている？　注いだ杯を手に持って……
私の分は呑んでしまった——爺や！　そなたの手へ！」
ハルバンは絶望の沈黙の中でじっと見つめました

「いや　私は生き永らえます……あなた亡き後も　息子よ！
なお残したいのです　あなたの瞼を閉じさせて
そして生きるのです——あなたの功績の名誉を天下へと残し
代々に至るまで知らせんがためです
私はリトアニアの村　城　都市を駆け回って
津々浦々に私の歌が届くように
詩人は合戦において騎士たちのために
そして婦人はそれを家庭で自分の子どもたちのために　歌うことでしょう
私は歌いつづけるでしょう　そしていつの日か　この歌から
私たちの遺骨の復讐者が立ち上がるでしょう！」
アルフは窓の手すりの上に涙ながらに伏せて

長い長い間　塔の方を見つめていましたが
あたかもそれは　やがて見失う懐かしい光景を
見あきるまで見ていようと望んでいるかのようでした
彼はハルバンを抱き　溜息が最後の長い長い抱擁の中に
混じりあってしまうのでした
もはや掛け金の立てる音が聞こえると
彼らは入ってきて　アルフの名を呼ぶのでした

「裏切者！　汝の首は本日　剣の下に落ちる
前非を悔いて　死ぬ支度をしろ
そこに十字軍騎士団の老いたる従軍司祭がいる
汝の魂を清め　そして模範的に死ね」

ひっつかんだ剣を持って　アルフは対峙のときを待ちました
しかし段々と蒼白になり　頭を垂れてよろめいています
彼は窓に身を支え　尊大な眼差しを回しながら

外套を引き裂き　総帥の印である胸の十字架を床へと投げ捨てます
軽蔑の笑いを浮かべつつ　それを両足で蹂躙してみせます
「そら見ろ　これが私の生涯の罪業だ！

いつでも死ぬ用意はしてある——お前たちはこれ以上何を望むのか？
私の立場から　真実を聞きたいのか？
幾千もの滅亡者を見てみろ
街の廃墟の中に　借り物の地の業火の中でだ
旋風が聞こえるか　雪雲が疾走しているのだ
あそこでお前たちの隊伍の残余の者たちが　凍えている
聞こえるか　飢えた犬どもの群れが遠吠えしている
彼らは饗宴の残り物めがけて　かぶりついているのだ

私がこれを引き起こしたのだ——いかに私は偉大で誇り高く
ヒドラの頭という頭を　ただの一撃で斬り落としてやったことか！
かのサムソンが円柱の唯の一振りによって

大建築を引き倒し　建物の下に斃れたように！」

　彼はこう言って　窓の方を見　意識を失ってうつ伏してしまいます
しかし倒れる前に　窓にかかったランプを投げ落とします
それは三度回転しながら　輝いて
おしまいにコンラットの額の前に横たわりました
点々と飛び散った油の中に　火の芯が燻っています
しかし段々深く沈み込み　そして暗くなり
挙句の果てに死の合図を与えるかのように
最期の大きな光の玉を膨らまし
そしてその光によって　アルフの目がこのときすでに
白眼となっているのが見られ――そして光は消えました

　そして同じ瞬間に　かの塔の壁を劈いて
不意の力強い　長く後を引く　引き裂くような絶叫が聞こえました
それは誰の胸から出たのでしょうか？　みなさんは思いを致してごらんなさい

それを聞いた人なら　誰かと推測するはず
このような呻きを発した胸はもう
二度とこれ以上　声を発せぬであろうことを
あの声の中に全生涯が表わされていたのではありました

このようにして　竪琴の弦は強い弾奏に
轟き　そして切れるのです――弦はいろいろな響きを交えて
歌の始めを奏でるように思わるのですが
その結びは誰も期待していないものになるのです

これが　アルドナの運命についての私の歌です
その結びは　どうか歌ってください――
天国では音楽の天使が
心の中では敏《さと》い聴き手が

（完）

作品成立に関する原註（仮題）

私たちは、私たちの物語を歴史物語と命名した。その理由は、役割を演じる登場人物と物語中に述べられた重要な事件の一切が、歴史に準拠して描写されているためである。当時の年代記は頁の千切れた断片的な写本として残り、しばしば推測を許すばかりで、それらから歴史的全体を形成するためは、想像による補充がなくてはならない。

私は、ヴァレンロットの物語の中に、気ままな想像を許しはしたけれども、真実に接近したことによってそれを正当化したいと願っている。年代記によれば、コンラット・ヴァレンロットは、ドイツでは著名なヴァレンロット家の出ではなく、ただその一員であると称していたにすぎない。誰かの私生児だったのかもしれない。ケーニヒスベルク年代記（ヴァレンロット図書館）はいう──「Er war ein Pfaffenkind（独：教区司祭の子であった）」と。この不思議な人物の性格については、さまざまな矛盾した言い伝えが読まれる。大方の年代記作者は、彼を傲慢・残酷・泥酔・部下に対する峻厳苛烈さ・信仰に対する熱情の薄さ、さらには聖職者に対する憎悪の故をもって非難している。「Er war ein rechter Leuteschinder（独：彼は人民の虐殺者そのものであった）」（ヴァレンロット図書館『年代記』）「Nach Krieg, Zank und Hader hat sein Herz immer gestanden; und ob er gleich ein Gott ergebener Mensch von wegen seines Ordens seyn sollte, doch ist er allen frommen geistlichen Menschen Gräuel gewesen（独：彼の心はいつも、戦争・喧嘩・論争に憧れていた。そして、修道会に所属する者として、神に忠実な捧げた人間であるべきだったのに、あらゆる真実敬虔な聖職者たちのうちに、嫌悪の念を引き起こしたのだった）」（ダヴィト・ルカス）[1]「Er regierte nich lang, denn Gott plagte ihn inwendig mit dem laufenden Freur（独：彼の統治は短かった。なぜならば、神が彼を体内が燃える病で罰したからである）」。他方、当時の作家たちは彼に、知性の偉大・勇気・高貴さ及び性格の力を認めている。確かに類稀なる美点がなかったならば、一般の憎悪と彼が十字騎士団（ドイツ騎士団）の上にもたらした敗北にもかかわらず、その勢力を維持していくことはできなかっただろう。私たちは今、ヴァレンロットの行動を振り返ってみよう。彼がドイツ騎士団を掌握したときには、リトアニアと一戦交える有利な好機が訪れていた。というのも、ヴィタウタス自身がドイツ人たちをヴィリニュスへと案内し、気前よく報いることをドイツ人に約束していたからである。ところがヴァレンロットは、その戦争を延引させた。さらに悪いことには、彼はヴィタウタスを傷つけ、にもかかわらずあまりにも不用意に彼を信頼してしまったため、公はヨガイラと秘密裏に和解した後、プロイセンを立ち退いたばかりだけでなく、その途中、一友人としてドイツ人の城に入るや、それらを焼き払い、その守備隊を殺戮した。事態がこのように不利に変わった以上、戦争を放棄するか、それとも慎重に計画を立てるのが妥当だった。それなのに、総帥は十字軍遠征を闡明し、その準備のために、十字騎士団の財政を蕩尽し（五百万マルク、[2]約百万ハンガリー・グルデン。当時にしては破格の金額）、リトアニアに侵入した。彼が祝宴や援軍の大気に時間を費やさなかったならば、ヴィリニュスをも陥れることができただろう。秋が来た――ヴァレンロットは陣営も食料もなく、このうえなく無秩序な状態のそれを後にし、プロイセンに向かって退去した。年代記作者や後世の歴史家たちは、かくの如き急激な撤退の原因を察知できず、当時の情勢において何一つそれに対する理由も発見し得ずにいる。ヴァレンロットの遁走を精神異常のためと考える者もいる。私たちの主人公の性格と行為において、ここに述べられた一切の矛盾は、彼がリトアニア人であり、十字騎士団に加わったのは、それに対して復讐せんがためであったと思惟すれば頷ける。彼の支配は確かに、十字騎士団に非常に痛い打撃を与えた。私たちは、ヴァレンロットはかのヴァルター・フォン・スタディオン[3]であると推測している。ただし、ヴァルターのリトアニアからの脱走とコンラットのマリエンブルク出現の間に経過した時間を十数年に短縮したうえでのことである。ヴァレンロットは一三九四年[4]に急死し、不思議な出来事が彼の死に伴って起こった。年代記の言うところでは、「Er starb in Raserey, ohne letzte Öhlung, ohne Priestersegen. Kuz vor seinem Tode wütheten Stürme, Regengüsse, Wasserfluthen; die Weichsel und die Nogat durchbrachen ihre Dämme... hingegen wühlten die Gewässer sich eine neue Tiefe da, wo jetzt Pillau steht（独：正気を失って死んだ――最後の聖油に預かることも、司祭から祝福されることもなく。死の直前に狂ったような嵐と豪雨と洪水が起こった――ヴィスワ川とノガト川の堤防が切れ、水は現在ピワヴァのある場所に新しい河床を作った）」

ハルバンまたは彼を年代記作者たちが呼ぶドクトル・レアンダー・フォン・アルバヌスは修道僧で、ヴァレンロットの唯一不即不離の同伴者で、もしかすると敬虔に見せかけていただけかもしれない――年代記作者たちによると異端者・異教徒で、ひょっとすると魔法使いだったのかもしれない。ハルバンの死について、確かな情報はない。彼が溺死したと記している者もあり、こっそり脱出したかそれとも悪魔に連れ去れたのだと記している者もいる。

私たちが引用した年代記は主として、コチェブエの『Preussens Geschichte. Belege und Erläuterungen（独：プロイセン史――史料と解説）』である。ハルトゥクノフ[5]はヴァレンロットを「unsinnig（独：理性を持たぬ）」と呼び、彼に関してはほんの簡単な消息を伝えるばかりである。

「吟遊詩人の物語」のなかで用いた詩の種類はあまり知られていないけれども、私たちをこの新種へと仕向けた理由をあれこれと説明したくはない――読者の意見を先取りしないためである。私たちは、発音のなかに維持されている強勢《アクセント》が音節を数える尺度であると考えた。クロリコフスキの重要な著作[6]に記されている見解も参照した。私はいくつかの箇所では彼が示している規則から逸脱したけれども、同じ理由によりここでその説明をすることが適当で必要なことだとは考えない。数行を朗誦すると以下のようになる。

Skąd《スコント》 Li《リ》 | twini《トフィニ》 wrą《ヴラ》 | cają《ツァヨン》? | z nocnej《ズノツネイ》 wrą《ヴラ》 | cają wy《ツァヨンヴィ》 | cieczki《チェチキ》,
リトアニア人はどこから戻って来たのか？
戻ったのは夜の軍旅からだ

Wiōzą̆《ヴョゾン》 | łūpy̆《ウプィ》 bŏ《ボ》 | gātĕ《ガテ》, | w《ヴ》 zāmkăch《ザムカフ》 ĭ《イ》 | cērkwiăch《ツェルカフ》 zdŏ《ズド》 | bȳtĕ《ブィテ》;

城や正教会で獲得した　豊富な分捕り品を抱えてきた

Sāmă《サマ》 niĕ《ニエ》 | wīdzĭ《ヴィヂ》, cŏ《ツォ》 | rōbĭ《ロビ》, | wszȳscy̆《ツシスツィ》 mĭ《ミ》 | tō《ト》 pŏwiă《ポヴャ》 | dāją̆《ダヨン》.

自分でも何をしているのかわかっていない　と誰もが私に告げ口する

詩行の構造においてはギリシャの長短短六歩格《ヘクサメトロス》を模倣したが、多くの場合、長長格《スポンデー》（——）の箇所で弱弱格《トローキー》（—◡）または—◡を用いたという違いがある。二箇所か三箇所では、強強弱格《逆バッカス格》（——◡）を弱弱弱格《ダクティル》の代用にしたが、その中央の音節は明確な長さを持つわけではない。例えば、

krzȳk《クシク》 mŏjĕj《モイエイ》 | mātkĭ《マトキ》.

私の母の叫び声

1　『Preussische Chronik プロイセン年代記』（一八一一〜一七年　ケーニヒスベルク刊）

2　作者の誤記。コチェブエによると「五十万マルク」。
3　第四章への原註四（118頁13）参照。
4　一三九三年の誤り。訳者による「解説」参照。
5　クシシュトフ・ヤン・ハルトゥクノフは、一七世紀のポーランド・プロイセンの歴史研究者。
6　ユゼフ・フランチシェク・クルリコフスキ著『ポーランド詩法またはポーランド語の歌唱性と韻律について　付・楽譜による例文』（一八二一年　ポズナン）。

附録 『コンラット・ヴァレンロット』——加藤朝鳥による翻訳と言及（一九三三～三七）

解題

加藤朝鳥《かとうあさどり》　明治一九・九・一九～昭和一三・五・一七（一八八六～一九三八）翻訳家、評論家。鳥取県東柏郡社村の生れ。父梅吉、母まつの三男。本名信正。明治三八年米子中学を経て、早大英文科に入学。四二年同校卒業。大正四年六月「新潮」に『片山伸氏を論ず』を発表、文芸批評家として立つ。いちじ爪哇日報主筆となる。『創作十字軍』（大一二・二　新光社）にみられるローマン派的傾向が生活の上にもあったといわれる。評論集に『最近文芸思想講話』（大九・七　新潮社）『英文学夜話』（昭二・六　春秋社）『最新思潮展望』（昭八・三　暁書院）があり、翻訳にレイモント『農民』（大一四・六～一五・五　春秋社）などがある。全体に博学の観があるが学問は体系化しえなかったようである。ポーランド政府より黄金月桂樹十字勲章（昭五・一〇）、同アカデミイ勲章を受けた。個人雑誌反響主宰。『加藤朝鳥追悼号』（「反響」昭一三・八）がある。（山敷和男）

日本近代文学館編『日本近代文学大事典　机上版』（一九八四年　講談社）三八五頁

一

加藤朝鳥は、日本における先駆的ポーランド文学紹介者でした。

ポーランド・ロシア文学者の吉上昭三（一九二八～九六）は論文「ポーランド文学と加藤朝鳥」（九〇）をこう書き起こしています。

> 加藤朝鳥の名は、今でこそほとんど忘れられているが、昭和初期には、文芸評論家として、なによりポーランド文学の翻訳・紹介・研究者として知られた存在であった。英語からの重訳とはいえ、ウワディスワフ・レイモントの『農民』（一九〇四～〇九）（翻訳刊行二五年）、ステファン・ジェロムスキの『灰』（一九〇四、邦題『祖国』『萌え出づるもの』）（翻訳刊行三一年）の二大長編小説を朝鳥流の自在訳で全訳、シェンキェヴィチ以外にはほとんど知られることのなかった当時の日本の読書界にポーランド文学の存在を知らしめた功績は限りなく大きい。また朝鳥が主催した雑誌『反響』は、ポーランド文学紹介の主たる場となり、そこで取り上げられた作家、作品も幅広く、多岐にわたった。だが朝鳥の残したポーランド文学に関するこれらの仕事は、戦後のわれわれの間でも詳しく知られないままに残されてきた。[1]

加藤朝鳥は、「ポーランド文学のもっともすぐれた作品を日本人のメンタリティに合わせて自分なりに解釈して移し植えた」「解説や注釈をつけるのにことさら熱心であった」（吉上）翻訳者です。作家・宇野浩二の追悼文を読むと、それは加藤が意識的に選択した翻訳方法論であったことがわかります。

「きみイ、翻訳をするのに直訳をするのは馬鹿だよオ、」と彼独特の物やさしい悠長な調子で、「犠牲」[2]の或る頁を指さしながら云った彼の声と、笑うと眩しそうに見える笑い顔と、――それは晩年まで少しも変わらなかった。[3]

（「加藤朝鳥の思出」）

二

加藤朝鳥が、晩年（といっても四〇歳代の後半ですが……）、熱心に取り組んだ仕事の一つが、ミツキェーヴィチの翻訳（＋解釈・解説・注釈）でした。とりわけ、『コンラット・ヴァレンロット』と『パン・タデウシュ』の紹介には、情熱を傾けました。[4]

残念ながら、突然の病没によりどちらの仕事も中絶しています（朝鳥訳『コンラット・ヴァレンロット』はⅡまで、『パン・タデウシュ』は「第二之書」（全一二書）まで）。訳稿はさまざまな雑誌に発表されたまま、これまで一度も単行本などにまとめられたことはありませんでした。

朝鳥が『コンラット・ヴァレンロット』の翻訳を志した理由については、彼自身の著した文章

（特に、①③⑤）からうかがい知られます。

以下に認めるのは、小文筆者による推測です。

英文学者の日高只一（一八七九～一九五五）は、加藤朝鳥に「欧州中世の騎士、日本戦国時代の武士をあこがれるやうな傾向があった」[5]と述べています。「君に若し甲冑を纏はせ、駿馬に跨らせたら、あつぱれ、今様騎士が出来上がりそうな感がした。君が『ヂンギスカン』を書かうとした意図もかうした所に芽を萌したのではあるまいか」

『ヂンギスカン』執筆計画の詳細は不明ですが[6]、ポーランド文学の紹介を始める前の朝鳥が、島村抱月（一八七一～一九一八）の「囚れたる文芸」（〇六）に示唆を受けて十字軍に興味を持ち[7]、長編小説『十字軍』（一九二三年版〔新光社〕は三五七頁、一九三九年版〔赤塚書房〕は三三二頁）を著していたのは確かです。

この作品は、十一世紀末のコンスタンティノープルを舞台に第一回十字軍（一〇九六）の結成を描いています。当時は宗教的熱狂の効用とともにキリスト教徒の間に反ユダヤ主義が高まりました。ユダヤ人が宗教に寛容なポーランド王国に逃げ込み、ポーランド王ヴワディスワフ一世とその子ボレスワフ三世クシヴォウスティに温かく迎えられたという史実は有名です。

一九二〇年代後半からポーランド文学紹介に熱を上げはじめた加藤が、コンスタンティノープル（イスタンブール）で死んだミツキェーヴィチの作品に、北方十字軍を主題にした『コンラット・ヴァレンロット』があることを知って、この作品に強い関心を抱いた……のではないでしょうか。

三

朝鳥の『コンラット・ヴァレンロット』関係テキストを本訳書への付録として集成するのは、全訳の読者こそその最良の読者である、と信じるからです。また、「直訳をした馬鹿」である訳者が、(「古いばかりで役に立たないもの」(『広辞苑』)という悪い意味ではなく、「希少価値あるいは美術的価値のある」という良い意味で)骨董的な朝鳥調翻訳を、翻訳文学の古典として愛読しているからです。

確認できた限りでは、朝鳥による『コンラット・ヴァレンロット』の翻訳と言及は、計九点発見されています。以下では、それらを言及と翻訳に分けて、発表順に再録します。

①言及一　加藤朝鳥「波蘭の愛国詩人――アダム・ミツケギツチ」、「反響　文芸＊思潮＊趣味」第二九号、一九三三年五月、一頁。

②言及二　K(加藤朝鳥)「波蘭文学号の弁」、「反響」第三九号、一九三四年五月、三頁。

③言及三　加藤朝鳥「第四編　ポーランド文学史」、吉江喬松編『世界文芸大事典』第七巻、中央公論社、一九三六年五月、七五八～七五九頁。

④言及四　加藤朝鳥「ミツキェヴィッチ」、吉江喬松編『世界文芸大事典』第六巻、中央公論社、一九三七年一一月、二七八頁。

⑤言及五　朝鳥生「波蘭文学雑話」、「反響」第六九号、一九三八年三月。

⑥翻訳一(IIの末尾)　アダム・ミツケギツチ(君影草〔加藤朝鳥の筆名と思われる〕訳)「ギリ

ア」、同上、二頁。

⑦翻訳二（Ｉ）　加藤朝鳥「波蘭夜話（一）　メレンブルグ古城の笛の音」、「文芸汎論」第三巻第五号、一九三三年五月、四四～四七頁。

⑧翻訳三（序詩・Ｉ）　加藤朝鳥「ニイメン河畔の六弦琴（一）――コンラド・ワアレンロドの物語――」、「文学アスピラント　反響」第六〇号、一九三七年一月、七二～七八頁。

⑨翻訳四（Ⅱの冒頭から②まで）　加藤朝鳥「ニイメン河畔の六弦琴（波蘭の大詩人ミツケギイチの原作）――コンラド・ワアレンロド物語――」、「文芸誌　反響」第六三号、一九三七年七月、二八～三二頁。

筆写にあたって、漢字は新字体に直しましたが、仮名遣いは原文のまま残しました。明らかな誤植・誤記は訂正してあります。

また「言及」のうち、原著者が文学史の事実を誤認していると判断される箇所については、注釈にその旨付記しました。

①言及一　**加藤朝鳥「波蘭の愛国詩人――アダム・ミツケギツチ」一九三三月五月**

▲波蘭が世界地図の上に全く姿を失つてしまつたのが一七九五年（寛政七年）で、その全民族が亡国の鬼となつてしまつたが、それから三十余年の後、波蘭の祖国的精神を燃える燠の如くに胸に抱いて居る三十二歳放浪の一天才詩人によつて Konrad Wallenrod と云ふ叙事史詩が生れ、更にそれか

ら五年後に同じ詩人の手によつて Pan Tadeusz が書かれた。此の二大叙事史詩こそ、一世紀以上にわたる亡国状態において、よくポーランド[8]民族の間に祖国的精神を繋いで、二十世紀の今日的基礎を作つたものである。此の詩人こそ真の意味においての国民詩人であり国民詩人としての資質において恐らくは彼に比肩し得るべきものは世界文学史の上に見あたるまい。

▲この詩人の名をミツケギツチ（Adam Mickiewicz 1798-1855）と云ひ、その陰鬱で情熱的な特徴の上から屡々『波蘭のバイロン』と称されて居るが、その国民詩人として民族の上に重大な感化を与えた点から云ふなら、遥かにバイロン以上である。バイロンは祖国の偽善に反逆して伊太利に放浪し希臘の独立戦に同情してミソロンギで客死したのに対し、ミツケギツチは亡びた祖国にはびこる征服者を蛇蝎視して終に祖国に帰らず、露土戦争に際して露国と闘ふべく土軍の使命を帯びてコンステンチノプルで客死した。その運命において此の二人の情熱詩人は甚だ酷似して居るが、その詩才においてはミツケギツチの方がずつと醇化されて居り、深く国民の鐘愛を受けて居る。

▲いつたいプーシキンを『露西亜のバイロン』と名づけたり、此のミツケギツチを『波蘭のバイロン』と云つたり、世界のいたるところに、大バイロン小バイロンが沢山にあり、日本でも児玉花外[9]のことを『日本のバイロン』だなどと云つた時代があるが、之れ等の呼称はむしろ詩人に対する冒瀆だ。バイロンが不当に幅を利かせすぎて居るのだ。ミツケギツチの場合は特にさうだ。

▲僕は念願として、彼の二大叙事詩は是非翻訳して見たいと考へて居る。Konrad Wallenrod の方は、すこしづゝ、極めて自由に散文化して勝手に自分の空想も織り込みながら、たゞ今『文芸汎論』に波

蘭夜話と題して掲載して居るが、[10]波蘭文学を愛好せらる、の士に一顧を求める。これは十字軍時代のロマンスで、祖国リスアニアの滅亡の為め戦禍のなかに生死不明のま、恋人と別れた将軍の後日物語で、その将軍の悲痛な深刻な遠征的情熱、その湖畔の深夜の冥想など全くバイロニック・メランコリイで、マンフレッドと同じ型の英雄だ。

▲**Pan Tadeusz** の方は単に波蘭のみならずスラブ文学中の最大古典の一つに数へられて居る世界的傑作で、之れも何んとかして此の秋までに翻訳を出版して見たいと考へて居るが、かくのごとき波蘭民族の国宝を移植するに就いては、到底一朝一夕の努力では駄目だ。此れに就いては睦は五六年前から企画して居るのであつたが、今回波蘭公使館のアントニ・ヤゼウスキ博士その他の助力もあり、今年は成就し得るの確信がついた。[11]日本の国際的現状から観ても、ミツケギツチの如き詩人の眼、心、情熱の角度からみづからを顧ることが面白いと思ふ。

② 言及二　K（**加藤朝鳥**）「**波蘭文学号の弁**」一**九三四年五月**

本号を特に波蘭文学号となしたのは毎年の例であつて、本誌は之れで三回目である。一昨年は主として波蘭現在の老小説家で特に日本に縁が深く、日本のことを多く題材にし、白井権八小紫[12]や、佐倉義民《ぎみん》伝[13]やらをかの地で小説化したシイロシエフスキのことを書き、昨年は主としてミツケギツチのことを紹介した。[14]ミツケギツチは十九世紀ロマンチック時代の情熱詩人で特にその代表作である『コンラツド・ウオレンロツド』及び『ぱん・たぢうす』の二大叙事詩は亡国時代に民族の魂を伝へて行つた特異な民族的功徳を持つたもので、世界文学史上、その例が無いものと云つてい丶。

本誌が波蘭文学号を五月に出すのは此の五月三日が彼の国の国祭日[15]として重大な記念日であるからで、本誌創刊当時からの時々の波蘭行使の支持にも酬ゐる意味もある。（……）[16]

本誌本号を特に、日波協会、ショパン協会、日本親波学生会及び五月三日の麻布波蘭公館園遊会への参集者諸氏その他へ頒つ。

③ 言及三　**加藤朝鳥「第四編　ポーランド文学史」『世界文芸大事典』一九三六年五月**

〔三大独立詩人〕ミツケギッチ Adam Mickiewicz（1798-1855）波蘭が生んだ最大の詩人で、「波蘭のバイロン」と称せられ、その詩風、経歴、共にバイロンと酷似して居る。彼は露領治下のギルナ大学在学中、祖国独立の情熱をもつて同志を糾合し、フィロマシアン協会と云ふ秘密結社を組織した廉によりて露国官憲に睨まれ、それより祖国を追はれて放浪流零の身となり、露国にあつてはレルモントフと交はり、[17]独逸にあつてはゲーテを訪ね、巴里に止まつては巴里大学のスラブ文学の教授たりしが、後露土戦争に際し、土軍に参加してコンスタンチノプルに客死した。その長篇叙事詩『コンラド・ウォレンロッド』"Konrad Wallenrod"（1830）[18]は最もバイロン的憂愁に富む。亡国波蘭の一青年愛国児は、恋のなりがたきを見て国外に放浪し、サキソンの聖十字騎士軍に加はり一隊の長となり名をコンラド・ウォレンロッドと称する。運命は彼をして祖国波蘭の地に遠征するにいたらしめたが、祖国のギスチュラ河に近きある湖畔に陣して、夜中憂愁の想を抱いて湖畔を逍遥する時、図らずも神秘の笛の音を耳にする。これは昔彼が本意なく別れた祖国の恋人が今は老いて洞穴に入り神女となりて悲痛の笛の音色をなすのであつた。コンラド・ウォレンロッドは心機一転、全軍を率ゐて反逆する。祖国を征す能はざるからだ。[19] 尚今一つの彼の代表的史詩『ぱん・たでうす』"Pan Tadeusz"は十九世紀初頭の波蘭の貴族の生活を描き、盛るに祖国的情熱をもつてし、後年波蘭民族を統一せしむるにもつとも影響の深かつた作だ。

④言及四　加藤朝鳥「ミツキェヴィッチ」『世界文芸大事典』一九三七年一一月

ミツキエギッッチ Adam Mickiewicz（1798-1855）十九世紀ロマンチック時代の波蘭の大詩人。一七九八年のクリスマスの夜ノヴォグロデックに生る。はじめウイルノ大学でラテン、ギリシャ、仏蘭西、波蘭の諸文学を学んだが、その大学が露西亜治下にあつた為め、波蘭学生を糾合しフィロマシアン協会なる秘密結社を組織す。その為め追はれてロシアに移り、プーシュキンと親交し共にクリミアに遊ぶ。[20]『クリミアン小曲集』はその感想を歌つたものだ。しばらくコブノで学校教師をやつてゐる間に独英の文学に親み、当時世界に澎湃としたロマンチシズムに動かされ祖国リトアニアの古伝統を浪曼的色彩で歌ふ。[21] 後、巴里のロザンヌ大学にラテン文学の教授となる。[22] その頃、亡べる祖国を追憶する哀愁から劇詩『祖先の夕べ』及びリトアニアの昔の貴族生活を叙事史詩にした『パン・タディウス』（その二章を加藤朝鳥訳し、『政界往来』昭和九年五六月号）を書く。尚ほ聖書風な文体で書いた『波蘭国民とその巡礼の書』と題するものは波蘭国民の運命を予言した一大奇書として国宝視さる。『コンラド・ウォレンロド』と題する詩劇また輝く古典で、加藤朝鳥訳し『ニイメン河畔の六弦琴』と題す。一八五五年クリミア戦争の際大学教授の職を捨て[23]波蘭軍団を組織し、出征してコンスタンチノプルに死す。その骨は波蘭の古都クラカオのワエル寺に古波蘭歴代の王の墓と同列に祭らる。波蘭国民詩人中最高の地位。

⑤言及五　**朝鳥生「波蘭文学雑話」一九三八年三月。**

波蘭文学は一九世紀の亡国時代に特に輝いたものを人類に寄与して居る。国滅びて山河あり、山河滅びて尚ほ文学在すとは、亡国時代の波蘭に就いてはつきり云へる。

その一九世紀の波蘭文学に輝いた星が三つある。丁度ロマンチック時代に輝き出したのであるから、普通にロマンチック・ツリオと云つて居る。ミツキエギツチとクラシンスキとスロヴツキとだ。

そのうちミツキエギツチは、かつて本誌にその一部を自由訳にした「ニイメン河畔の六弦琴」の原作者であり、いつか川路柳虹君が欧州遊学の際、波蘭の首都ワルソウを通過し、ミツキエギツチの銅像を見て大に此の国民詩人に詩情を寄せた事があり、またそのころのことを思ひ出した柳虹君の詩が、銅像の写真と一緒に「政界往来」の頁を飾つた事がある様記憶して居る。此の詩人は如何にも川路柳虹君が嗜きになれさうな詩人である様な気持がしてならぬ。

この詩人が、波蘭の国民詩人として民族の記憶に永久に残り、英雄視されて居るのは所以あることで、亡国時代の波蘭の民族精神は此の詩人の力によつて繋がれて来たのである。此の詩人には、二つの代表作がある。『パン・タデウス』と『コンラド・ワレンロド』だ。

僕はこの二つの代表作を日本に移植してみようと思ひながら、いまだに志を得ないのである。前者の『パン・タデウス』の方は、かつて北原白秋君に相談を持ちかけ、全部が十二章から成つて居るので、一章づゝに白秋の感想詩を書いてもらうことにし、その二章までを訳した時、僕は突然に脳溢血にかゝり仆れてしまつたし、その二章だけは「政界往来」に掲載したが、雑誌が雑誌だけに文壇の注意を曳かず、甚だ残念であるが、そのうち続稿を書いて、世に問ひたいと思つて居る。しかし北原白秋君は無念なことに両眼盲してしまつた。ぼくは白秋を現代日本の偉大なる国民詩人だと思つて居る。他日「パン・タデウス」をすつかり移植する時は、たとへ、白秋の眼が見えんでも、此の波蘭の国民詩人の心境を耳で聞いて貰つて白秋の詩情に大に訴へてその佳品を得たいものと思つて居る。僕も波蘭文学に多少の縁が出来て居る以上、なんとかして、よい出版社を見つけ出してミツキエヰツチの霊を慰めてみたいと思つて居るが、その僕さへも脳溢血にかゝつてから以後は兎角健康が勝れず、何時再発してばたり仆れるかも知れぬ。さう思ふと人生蹉跌の感なきにもあらず、一種凄涼の思ひに犇《ひしひし》と迫られる事が屡々だ。（後略[24]）

⑥ **翻訳**（**IIの末尾**）（**君影草訳**）「**ヰリア**」一九三三月五月

（ヰリアはニイメン河にそゝぐ支流――その水リトヰアンカに漾ふるならば森の母となりて湖深く淵なすべきを徒らに流れて怒濤にのまれ去る……）

アダム・ミツケギツチ

漾えて森の母となり深き淵をばなすべきを
ギリア真清水せゝらぎてまろばすは美しの金砂銀砂よ。
それよりも尚ほ美しやリトウヴの麗しき乙女
更にまた輝くは水掬び飲む乙女の頬の色。

あでやかに甘やかにコブノの谿を流れ行くギリア。
その水繞り繁々と咲くや、水仙、チユーリツプ
薔薇の花、その草々の誇らしい爛漫よりも輝きて
リトギアンカの麓の若き男等、乙女を慕ふ。

麓の谿と野に満ちて、咲くや千紫、咲くや万紫、
そのくさぐさに眼も呉れで、ギリアはひたにニイメンを思ふ。
されば悲嘆のリトギアンカ呼べと止まらぬギリアの水は
ただひたむきにあだごころ行衛かなたのニイメンを。

さながらに巨人の如きニイメンは逞しく諸手ひろげて
冬とつめたき胸のなかに恋よる乙女掻き抱き
凱歌さながら物凄く乙女もろとも早瀬となりて
海の狂へる怒濤のなかに、乙女もろとも沈み行く。

断腸の悲哀は君よ。リトギアンカ。辛辣の運命こそは
恋を故郷の懐かしき谿より裂き、踊る歓喜を奪ひ去り
忘却の暗き淵へとのまれ行きて姿かき消し
たゞ滅ぶなり。たゞひとり悲哀の底に滅び行くなり。

その水うねり狂へとも、その胸藻掻き狂へども、空なる嘆き
ギリアは逝けり、逝く水はあだし心に魅せられて
ひたすらにニイメンをのみうつつなにギリアは逝けり
捨てられて、淋しく残る塔のなかに泣くや乙女の魂は

（君影草訳す）

⑦翻訳（Ⅰ）加藤朝鳥「波蘭夜話（1）メレンブルグ古城の笛の音」

白い外套の上にどつかりと置いたのは墨黒黒の十字架で、それにはぎらぎらと銀色の縁縫の箔が施してある。これは独逸での聖十字騎士団で、北へ北へと異教を征伐して行く。そのものすごい猛勢は秋の風の如く靡《なび》かせないものはない。十字軍にも東の聖地恢復に向蔦野と違つて、北欧の野蛮地めがけて押し寄せていつたのは山賊が殺到して行くのよりもまだまだ乱暴だ。然し乱暴だと云ふても、中世に咲いた人間の花と云はれた騎士道の振舞ひだ。彼等の作法に何程かの夢を抱き得るほどの雅懐がない以上、此の物語りは何の興をも誘ひ得ないかも知れない。まして時代は十四世紀と云ふ古怪な昔に遡つて行かねばならず処は今の波蘭のニイメン河畔、メレンブルグの古城だ。幻想の色彩をいやが上にも濃く彩つて想像の世界をぐんぐんと遠く運んで行つて貰ひたい。気の荒つぽい中世騎士の心持ちであるからには、何ぞと云へば剣槊《けんさく》を握つて鯉口三寸[25]どころか、瞬くうちに相手の生命《いのち》をばらしてしまふ時代だ。

さてもこの黒十字騎士団が、北欧の討伐に向かつてから、腥《なまぐさ》い血煙を立てつゞけながら、凡そものの百年は過ぎて居やうか、騎士団に追はれてゴート族は生命からがらに逃げだしたが、逃ぐるを何処までも追及して、鎖につくか剣の先端に露と消ゆるかと迫り迫つてとうとう北の国リスアニアの国境まで攻め寄せた。

異教徒と十字軍との敵味方が対峙し合つて殺気立つて居る間を、事もなげに悠然として、洗漾として、ニイメン川が流れて居る。河の左岸にはあちらこちら伽藍の尖塔がざはめく森の梢の上に見えるのは、すでにそこまでキリストの光がとゞいて居るのを語る。勿論其処に幾多の十字の騎士が大群をなして屯して居るのである。

河の右岸には、山猫や熊の毛皮を着物として纏つたリスアニアの若者どもが敵の襲来を防ぐために弓を肩に矢を脇はさむで陣取つて居り、時々はそつと一団をなして対岸の独逸の騎士団を奇襲して奇効を奏することさへある。リスアニア側では何としても此のニイメン河で敵を喰ひとめねばならぬ。それにしても押寄せて来た敵は鬼か竜か気味が悪いほどに強い。空恐ろしいのは十字を胸に輝かしながら、数珠を持ち、神に呪文を称え、どれもこれも馬に乗つて兜をぎらぎらとさせて居る。弩砲《どほう》を数へきれないほどに沢山に持つて居る。

十字の騎士軍が寄せて来ない迄のニイメン河は両岸の民族を愛をもつて結むで呉れた平和な愉快な川であつたのに、何んと云ふ変化だらう。今や、その両岸は憎悪の敵愾心に燃えたつた斥候がひつきりなしに迂路づきまはつて居り、兇兆を含むだ怒濤が気味悪く河心を騒がせて居る。此の波を越して行かうものならたゞちに死だぞと威脅して居る様だ。今まで親友であつたプロシヤ族とリスアニア族とは、本意ならずも十字騎士軍の襲来のために、引き裂かれてしまひ、ニイメン河はさながら生死を隔てる地獄の三途川の如くになつてしまつた。リスアニアの騎士の麦の穂だけがプロシヤ川の岸に生い繁る樹[26]に対して憧憬心地に頸垂れて見せるか、流れ相寄る水の藻だけが縺れあつて見せるに過ぎない。コブノの森の夜鶯がむなしくもリスアニアの調子で対岸のプロシヤの森に歌を送つて居るのだが対岸のプロシヤの森に歌を送つて居るのだが騎士が駆けまはる黒蹄の響きの為めに反歌を送つて呉れるものもない。だがいくら民族と民族とが敵意を激しくしやうが、夜鶯が翔り行く翼を如何にして邪魔することが出来やうぞ。

戦つて啀み合ふのは人間だけではないとしても、啀みあつて怨恨のどこまでも長くつゞくのは人間だけかも知れぬ。此の地ではもう百年の上に鬼哭啾々が続いて何時止むとも測り知ることが出来ないのだ。

メレンブルグの城の高い楼から不気味に思ひがけなくも鐘が鳴り出した。陣太鼓も響き出した。弩砲《どほう》が物凄く轟いた。

たゞしこれは血煙を立てるために轟いたわけではない。集合のためだ。

之を合図に十字の騎士たちは四方から城下に集まつて来た。兜が輝く、兜が輝く。馬の飾りが何よりも眩い。城の付属の伽藍のなかで大評定が始まつたのだ。いくら荒つぽくても十字の騎士達だ。先づ聖像に祈禱を捧げてさてそれから何人を城主に推戴してよいかの重大な選考に遷るのだ。

城に伝はる重代宝剣こそ、今度は誰の腰に佩かしてよいかを選挙するのだ。誰の胸に最高の権力を象徴する大十字を章飾つてしかるべきかを定めねばならぬ。

評議の為めに今日も暮れ明日も暮れる。

戦場に輝かした武功の上から考へても、随分とその候補者の数が多すぎる。勲爵の上からも、門閥の上からも、忠義心はどの位に一徹であるかの考へからも、京津の念は飽くまでも強いかの穿鑿からもなかなかにこの問題は解決しさうもなかつたのであつたが、とうとうコンラド・ワレンロッドこそはと比類稀なる一勇者の名があげられた。彼は異国の生まれで、まだ此の城下では勇名を馳せては居ないが、以前に遠地の戦ひでは素晴らしい勲功を数々樹てた男だ。西班牙カスチールの高原でムーア族の来襲を喰ひとめたのも彼だつたまた伊太利沖で逃げ行くトルコとの軍艦を追かけて飛鳥の如くに舷にとびあがつて、あたるを幸い薙ぎ仆して分捕して闘つたのも彼だつた。彼こそは武術にかけては無敵の大胆者で、どの試合場でも、彼が素面のまゝで現れたら最後、対手にならうと出て来るものがないために、何時でも覆面で居ねばならぬと云うほどの豪のものだ。

メレンブルグの新城主として此の男こそ天晴れだらうとは、評定の席のどの騎士の胸にも共通を得た感想となつた。

老将コンラド・ワレンロッドは特に熱烈な勇武を好む青年騎士の間に評判がよく、まるで経験そのもの様な性格だ。謙虚で朴訥でしかも温和であり、世間の栄達や歓楽などには顔を振り向けもしない。だから宮廷の所謂優雅な長袖連には受けいれられない方で、巧言も麗色もなく、腰をなめらかに屈する術も知らぬ。彼は剛直だ。彼は価値なき王者の為めに忠誠を誓はず、穢れた軍勢の為めに剣を抜きはせぬ。高い地位などは断じて彼の欲するところではなく、彼はその青春の華やかだつた時代をすべて僧院のなかに捧げてしまつたと云ふ噂へもあるくらひで、まるで隠者のような肌合だ。徹上徹下の朴念仁だ。彼は地上の幸福をもとめて居るのではない。嫋やかな美人の媚《こび》も、吟遊詩人が讃ずる詩歌も、彼の胸をどつしりと閉ざしてしまつた冬の厚氷を解かす力はないのだ。媚びの言葉を聞かせやうとすれば、まるで聾かなんどの様にそつぽを向ひてしまひ、窃笵の笑顔がにつこりして見せたとて、のつたりと黙つて居るきりだ。また才人達が智慧をつくして幽玄な談論の花を開かせてたのしむ席などからもいつも遠ざかつてばかり居る。

いつたい彼の此の寒巌枯木の風情は生れついての性質か、それとも多年の風霜の為めに世路の憂苦がさうさせてしまつたのか、それは知るに由ないことだ。老将軍と云つたところで、髪こそ灰色なれ、頬の色こそ褪せて居れ、はちきれるほどに青年の元気がのこつて居る。そしてよく青年達を対手にして無邪気な遊びに余念がない。時にはその寒巌枯木がからからと笑ひだすこともある。女どもの前では黙々だが、さりとて女が嫌ひと云ふわけでもないらしく、美しい花束でもつきつけられる折は滅多にはないことだが莞爾として笑顔に相好を崩すのが、云はゞ子供が菓子でも貰つた時の様なたわいなさだ。

彼は感激することもある。が、それを唇に漏らすのは、たゞ一つの言葉で云ふ簡単さだ。しかも不思議なことにはその言葉が「恋!」だと云ふこともある。「義務」と云ふこともある。「祖国」「十字軍」「リトアニア」……

しかもこんな言葉が出る時、彼の表情は沈鬱になつてしまふ。もとのまゝの寒巌枯木だ。ただひとり静かなところに退いて、彼独特の神秘不可思議な幻想のなかにいつまでも入り込むでしまふ。

おそらくは彼には、深くも胸中に秘めた大きな使命があるのであらう。そしてその使命の為めに浮世の歓楽一切を遠ざけて、たゞひとり冥想に身をまかしてしまふのであろうがしかしかうした孤独の彼にもたつた一人だけ心の底を打ち明ける友を持つて居る。

その友の名をハルバンと云ふ。老いて腰の曲がつた白髪白髯の聖僧《マンク》で、時には随分と長い時間をコンラドとたゞ二人で秘密な樹蔭で過ごしてしまふことがある。全くの心の友だ。霊聖の友だ。此の聖僧に人生の指導を求めるものこそ幸いあれ。この聖僧こそは地上の聖の聖なるもの、思ふにコンラドが生まれて常に追ひ来り追ひ求めて居るのは此の「聖」と云ふことであるかも知れない。

「聖」――これはひよつとすれば中世だけにあつて此の二十世紀の現代には無いことかも知れぬ。だが、此の物語を最後まで読むだ人には、彷彿として「聖」の姿がまぼろしに浮かむで来るかも知れぬ。それが此の物語の目的だ。

コンラドは現生の虚栄は悉く否定してしまふ。彼は酔漢の群る饗宴の席には断じて顔をだす男ではないのであるが、しかも彼の胸のうちに憂悶の雲がわだかまる折り、そつとひとりで閉じ籠つて、焼けつく様な強烈な酒を嗜むことがある。そんな場合の彼は容貌がすつかり一変し、今までの顔も蒼白は俄に曙を迎へた如くに紅潮を燃やし、その大きな双眼には、そんな瑞々しい青みを漾《ただよ》えた輝が今まで何処にひそんで居たかと疑はれるほどにぎらぎらと精彩を出している。

沈滞を極めた嗟嘆が彼の強い胸をぐらぐらと揺るがす。石の如くに重くなりまさつて来る眼蓋から真珠のやうな涙の粒が落ちて来る。そして彼の手はおのづと動いて一管の笛をもとめるのだ。彼の峻厳な唇がおのづと歌ひだす――その歌は彼が率ゐて居る部下の軍勢どもの耳には何のことかわからぬ余所の国の言葉であるが、彼の沈痛な哀切な顔色とその調子の悲嘆を極めたところから察しても挽歌に相違ない。不思議なほどに悲痛を羃めたその調子は、たとへば埋没されたあらゆる幽魂を呼び醒まして星も雲も、ニイメンの流れもともに泣かしむと思はれる歌だ。神秘だ。——彼の額には脉《すじ》が盛りあがり、彼の眸は凝乎つと下の方に釘打つた如くに向けられ、たとえば深い地の底から何かの出現を待ちうけて居るかの如くである。いつたいその眸は何に見やうとして居るのであらうか？　彼は何に向かつてその挽歌を持つて哀訴して居るのであらうか？　過去と云ふ深淵をとほしてその底に埋もれた青春のころを追ひ求めての此の風情らしく、今、記憶の領土のなかに夢を躍らせて現前に生きた幻影を描いて居るらしくも思はれる。

しかも彼の笛の調子は何時まで経つても悲哀を続けて行くばかりで、彼の指は如何に間違つても狂想曲《ラプソディ》になることはないのだ。そして彼の頭はうつむいてばかり居るのだ。そんな場合、笑顔にでもなることは重い罪悪であるかのごとくに避けて居るらしい。指はあらゆる音譜を出して居るが、彼自身は何時まで経つても黙々として居る。

メレンブルグの城内では、此の笛の音が鳴りわたる時、誰もまた言葉をやめて聞いて居る。しかも老将軍の此の沈痛な笛の音が、あらゆる騎士に大きな力と希望とをあたへ、云ひ知れぬ歓喜と信頼との心持ちを漲らせるのである。

＊

老将軍は孤独だ。沈鬱だ。

特に笛を吹いて居る場合に他から邪魔された時は何か空怖しい憤怒に燃えたつのであつた。

或る時のこと、老将軍の昔の友だちだと云ふのが二人偶然なことから、思ひがけなくも訪ねて来たことがあつたが、あまりに以前とは姿の変わつてしまつた老将軍の風貌に愕然と驚いたまゝ物も云はずに佇むで居ると、老将軍は怖しい不機嫌に身をうねらせて、ぐつと立ちあがると同時に笛を放り投げてしまつたまゝ、大きな呪ひの唸りを張りあげた。そして深刻極まる秘密を追い込むだ様な物凄い眼付を聖僧ハルバンの方にそつと向けた。かと思ふと、そのつぎの瞬間に、目の前に見えもせぬ軍隊に号令をかける様な調子で怒鳴つた。その声が空雷の如くに響きわたつた。

訪ねて来た二人は恐怖に縮みあがつて居るばかりであつたが、その時聖ハルバンは老将軍の憤懣の顔に対してひやりと氷の様な冷たい眼付を据えつけたまゝ瞬きもしなかつた。心の髄までも滲みとほつて行くやうなその智慧の眼光は、深い秘密と心理とをいているかの如く、或はその眼光が遠い昔に忘れ去つた近言を思ひ出させる力があつたか、それとも、老将軍の胸のなかに何かの憂慮を呼び起こし得たか、はたの眼には判断のつく筈もないが、聖僧の眼付はたちどころに老将軍の頬に叢つた黒雲の渦巻きを晴らし、その焔と燃えたつた顔の熱をさまし、血ばしつた眼の色を清く澄ませることが出来た。

たとへば聖僧と老将軍との此の刹那はさながらに獅子使と獅子とを思はせるものがあつた。鉄の檻を突嗟に破つた百獣の王の物凄さにあはてゝ逃げまどふう教官の混雑のなかに老錬の獅子使が悠然と現れてその騒ぎを巧に鎮静させ得るが如くに聖僧の一瞥は奇しとも呪符に似た力を持つて居る

のであつた。（つゞく）[27]

⑧ **翻訳**（序詩・Ⅰ）「ニイメン河畔の六弦琴（一）――コンラド・ワアレンロドの物語」一九三七年一月

此の古い悲恋悲歌の物語は水晃漾のニイメン河にまつはつてゐる。

古い物語だ。昔十字の騎士が、北へ北へと欧羅巴へ大砲と剣の威力に訴へてキリストの教義を押しひろめて強行して草樹を靡《なび》かして行つた時代の物語りだ。もちろん古色を蒼然として帯びてゐる。君の鼓膜に古色の調を帯びさせて心を燻銀のごとくにいぶらせて聞いて呉れたまへ。すれば此の世ならぬ妙好な音色を奏で出すかもしれぬ。伝説は昔の波蘭の詩人ミツケヸツチが魂を縹緲と遊ばしたものだ。

水、晃漾のニイメン河とは？

そんな野暮くさいことを詮索して問ふ勿れ。北欧を貫いて流れる大きな河で、今は波蘭産業の大動脈と云はれてゐる河。太古から今に至るまで輝く水が晃漾と流れ淀むでゐる。

その輝くの水の晃漾が…………？

そうさ、人間社会の敵と味方とをはつきりと分け隔てて、彼岸と此岸とに怨恨の鬼火を焔々と天を焦がさせた時代だ。河の彼方はリトワの郷と云つてリトアニアの領、河の此方は今しも十字の荒くれ騎士が群をなして屯し、鎧袖を一触してリトワの郷を十字の旗のもとに押し犇《ひしめ》いでしまふと云ふ猛勢を示してゐる昔のプロイセンの勢力範囲。

怨恨は古くからだ。忿怒と血みどろの百年を重ねても尚ほ尽きず、十字章の旗を押したてて異教の北を、さらに北へと猪突を逞しうして進むできたものの、此のニイメンの岸まで来てはたとはゞまれてしまつた。リトワの郷民の抵抗は頑鉄よりも物凄い。

そのかみの十字章旗の騎士軍の猛烈な突進のあとは鬼哭啾々だ。押し犇がれた住民は命からがら逃げだすか、さなくば鉄の鎖に繋がれて鼻さきに氷の剣をつきつけられ改宗を強ひられる。その命からがらで逃げた群衆がニイメン河の北に相結んだから、その城砦には凝つた怨恨の焔が天を焦がしてゐる。リトワの郷の抵抗がいかに頑強であつたかは思ひ知られるではないか。

その怨恨と忿怒との間を、水、晃漾のニイメンは輝いて流れて居た。居る。

その北の沿岸には、リトワの郷の伝統を誇るかのごとくに数多の祖先からの伝統を誇る寺が点在してゐて寺の尖塔が燦として輝いて居り、そのあたりに樹海をなしの森が青葉をそよがして何んとはなしに神寂びた気が漲つてゐる。まことにそこにこそ千古からの土よりの神々いますかに思へるのだが、眼をあけてニイメンの河岸を見ると、そこに高々と魔物の如く十字章旗が掲げられてゐるのを望む。ゲルマンの方から襲来した荒くれの騎士軍の屯営だ。想望すれば怖しや巨きな悪魔の形相だ。空の雲にその額をかくして長い毛むぢゃの巨腕をぐつと今にも押しのばしてリトワの郷を鷲掴みにもしかねまじい気配ひ、懶々と身を凭せて構へて呑ばすばやまぬといふ肚をニイメンのさゞ波に[28]してゐるのだ。

河の北に陣してゐる農民兵は、身に纏つてゐるのは山猫の皮か熊毛の上衣、血にはやるリトワの青年団が祖国の魂に相結んで懸命に防衛に努めてゐる。逞しい肩には太い弓、荒くれた腕に矢を抱え盗み足してゲルマンの敵陣に忍びよけるけなげさだ。だがゲルマンの軍馬には流石に些の隙も無い。騎士軍は馬上に兜を燦と輝かし意気揚々としてゐる。リトワの農民軍は虎視眈々と狙つてゐる。敵を破らうとする誓いを神に念じ、弓にさへ数珠をつけて軍歌を祈禱にかへてゐる物凄さだ。

ニイメンの水の上に如何に平和のそよ風がなごやかなさゞ波を送つたにしたところで、その流れは截然と敵味方を画する一条であり、散ばる哨兵の眼が、意外な物の蔭からぎらりと覗く。——あゝ、ニイメンの河の水、かつての昔は平和の水と称へられ、讃美され、此の水こそは両岸の異種民族を同胞として和げる聖の水、由縁の河と崇められた日もあつたのに、今は煮え沸るが如き狂気の画線、岸の葎《むぐら》にひたひた寄せる音さへ敵襲と驚く。さながら地獄極楽を分つ永劫の堺のそれか、その浪を横ぎらむとするものは死か拷問かの度胸を要す。それにしてもリトワの騎士の麦の穂の風なきに頸垂れてゐるのは、ゲルマンの岸に赤楊樹を恋ひ憧れてゐるからの風情ではあるまいか。水はもとのごとくに淀み漾ふ。此の岸の柳の枝に接吻しては藻の緑にたはむれ縺れしては、依然、昔のごとくに彼の岸へとしなだれよつてゐるではないか。河の幅のたとへ満々と広くとも巴にむつれて、北し南する水の風情は春飾る恋の花輪の数限りなくさまざまによれ合ふ如くまた異郷の恋をたのしむが如しまことに心のまゝなのは岸の森に巣喰う夜鶯《ナイチンゲール》で、今日はコブノの森に歌ふかと見れば、あすは河中の小島に対岸の友を呼むで鳴声を和す。いくら戦線の布告があつたところで、空行く禽鳥の径をさへぎりはせぬものを、いつまで人間は血迷つて血腥い世界を展げてゐることであらうか………。

血腥いからに人間は、民族は、リトアニア人とゲルマンの騎士とは、いつになつてもいやが上に血迷つてばかり行くのであらうか。ずつと昔はゲルマンとリトアニアの両民族は此のニイメン川を挿むで同胞のごとくに親しかつた。親族同士のごとくに思つてゐた。それを十字章旗の騎士群が押しかけて来て戦いを宣したために、大きな破綻を来たした。怨恨を沸騰させた。もはや両民族ともその古き歴史を温故するのをふつりと忘れてしまつてゐる。此の両民族は何時まで眦《まなじり》を決しあつてゐるのか果てしがつかない。不倶戴天。もとの同胞感は消えて跡なしだが、一たび燃えた同胞愛の焔の、たとへ天を焦がすことをやめても、尚ほとなつて残る例があり、その燠がまたよしんば死灰となつてしまつたと見えても、その底に思ひがけなくも蛍火のほそぼそと、残るためしも時には珍しくもあることを稀に見る。これはその稀に見る珍しい物語だ。今、波蘭に残つてゐる。

おゝ、晃漾として輝き流れるニイメンの河水!

十字軍の騎士の群れに荒々しく押しよせられたその昔の岸辺の戦雲にはりきつたその一刻にも死の暴風がすさむで、あやうくもリトヷの祖先伝来の寺塔も狂火に焼きつくされ、ニイメン河畔の瑞々とした古代からの蓊鬱の大森林もあはれや心ないゲルマンの斧に刈り倒されやうとした一刹那に、此の稀代の物語はからまつてゐる。森に泣き歌ふ夜鶯の声も、轟く大砲の響きにおびえて黙してしまひ、引きつゞく兵燹《へいせん》[29]の為めに、森の瑞々しさも後絶えて、愴々と経過して来た幾時代の幾変遷に、ニイメン河畔の古代色はみんな褪せてしまつたがたゞひとつ褪せずに吟遊詩人の琴の弦によつて残つて来たのは此の物語。人の心の奥を犇《ひしひし》とつく此の物語。それはニイメンの水の晃漾とともにいつまでも変化しないでつづくことであらう。

＊

選出[30]

メレンブルグの丘の高い塔から鐘が鳴りわたる。するといたるところで太鼓がけたたましく合図を鳴らし、どよめき、かゝる場合に轟かせる筈になつてゐるゲルマン第一の巨砲が素晴らしい響きで天地に反響して来た。

城下の町の街路には数多の騎士が胸に十字を輝しながら隊をなして集まる。鉄蹄。天下の重大事を議することだから名誉の騎士は残らず登城するのだ。特に隊長になつた騎士の華やかな服装は、街々の町人たちの目を惹くこと夥《おびただ》し。

城の大評定をなすべき大広間では、夜を日についで重だつた騎士達の厳重な評議と崇厳な祈禱が交々になされて、此の選挙侯領において此の次ぎの支配者に誰を選出すべきやのことが練りに練られてゐる。はたして、この国の主権を象徴する宝剣と宝冠とは如何なる智勇兼備の人に譲らるべきか？　はたして誰の胸にその総帥[31]たるべき光栄の十字章は輝くであらうか？　ひと日過ぎ、ふた日も過ぎ、三日と重ねたが評定はたゞつゞく。

数多なみゐる何れ劣らぬ騎士の面々がわれこそは功績により、名誉により、門閥によりて選出さる可き最適の資格がありと各々辺りを見まはして威容をと丶のえて居る――また血統により、或は勇敢により、或は忠誠のもゆるが如きによつて、その任を他に譲らじと自らを励ますものも多かつた。が、いづれも似たりよつたりの豪のもの、此の人ならではと異口同音の賛成を得るにはいたらなかつたが、こゝにはたとばかり満堂がひとしく膝を打つて最適任者を見出した。その人こそ過去の武勲においてならびない、輝かな名誉を持つた武将、名をコンラド・ワアレンロドと呼ぶ。

コンラド・ワアレンロドは昔国外から参じ来つた十字の騎士、異郷の生れとは云ひながら、その智勇兼備な点、武人の典型としての威厳にいたつてはプロイセンの領域内にこそまだあまり知れわたつてはゐないが、遠い国外にはすでにその名が轟わたつてゐる。彼こそはスペインのカスチールの峻しい山嶽で、邪悪な野蛮ムーア族の襲来を粉微塵に撃退させたこともあれば、また潮ざゐの狂ふ大海の沖で、土耳古の艦隊を物の見事にさせたこともある。城を囲めば必ず一番乗の功名をあげるのは彼であり、勇武にかけては、彼は何処に行つても群鶏の中の一鶴、どこの試合場に出かけても、若し素面であらはれるならば彼に挑みかゝつて来るものは一人も無い。

彼には必勝の光栄を物語る棕櫚の葉が兜に高々と飾られてゐるのだ。

彼は若い頃から熱烈な騎士道の修行者の間にあつて、たゞにその勇猛沈着を謳歌されたばかりではなく、それにもまして、敬虔な信仰心の深さにおいてまた匹敵を見ない。身を持するにどこまでも謙、温和、一切の世の快楽を土芥の如くに捨てゝ、たゞ祈禱信楽をのみ欣ぶ。

彼は宮廷の華やかな場裡に出入する場合においても巧言麗色と云ふものをすこしもやらない。その膝の骨は、柔らかに曲がることを知らず、また彼が帯びてゐる大剣は、平凡の君主の意義浅い縺れの為めにたやすく抜かれることも絶えてなし。栄達も求めず、顕揚も願はず、ひたすら僧院のなかに身を斎して、念誦しながら彼は若い頃を送つたのであつた。地上の果ない栄誉や、名分やは彼の欲するところではなく、また彼におくるべき報酬でもあり得ない。彼をよろこばすものは美人の愛嬌でもなく、吟遊詩人の琴の弦にその名を不朽に称へられることでもない。それ等は彼の心の冬の氷のごとくにとゞされて居るのを解きほぐす力を持たぬ。彼の耳朶は讃美賞嘆の言葉に対しては、寸毫も傾くことなく、その眼は美人のほゝえむ顔に対しても遠くあらぬ方のみを憧憬れ求めてをり、常にざんざめく談話の団欒からは遠ざかつてゐるのであつた。

かうした彼の有様はその本賞が冷いためか、それとも傲然の気を堅持してゐるためか。それともまた寄る年齢のせいで何んとしもなく世故の悲哀がこみあがつて心淋しくなつたがためであらうか？　それは判らぬ。頬の髯びんの毛にいくらか霜ありと雖もまだ寄る年波と云ふほどな老齢ではない。ときに彼には青春も及ばぬ様な歓喜愉悦の閃きを見せて、若人の群のなかにわれを忘れて興ずる瞬間もある。群衆が歓呼して彼を迎ふる時に莞爾とほゝえみ会釈する時、頬には、春の色さへ漾つてゐるかとさへ疑はれる。寒厳枯木さながらのその表情も稀には美人のほゝえみに色づいて颯《さつ》とまた苦りきる例がないこともない。それはこぼれるばかりの愛相を投げてその投げやつたことを悦に入つてゐる有様は、恰も小供に菓子でも呉れてやつた時の気持と大差はないものであらうか。

また極めてまれではあるが人の唇から何心なく漏れたある種の簡単な言葉が、不思議にも彼の耳朶には大きな魅力を持つて、彼の心底をぐつと突いてぎくりと全身に響きわたることがある。それは——恋愛とか——道義とか——祖国とか——十字軍とか——リトアニアとか云ふ言葉であつた。その何れかの言葉を耳にすると彼の気分は俄かに颯と沈痛になり、その表情はやがて依然と寒厳枯木にもどり、ひとりまた神秘な瞑想裡に気分を遠退かしてしまふ。

おそらくは彼に深くも誓願した心の（一字脱落）があつて、その為めに生涯世俗の歓楽を否定し去つてゐるのであらう。彼はあらゆるものに顔をそむけて居るが、只一つ、友情、しかもただ一人の友情にのみ心をすがつて一切を打ちあけてゐる。その友情とは徳高いひとりの老僧に対してのみだ。老僧の髪は雪の如くに白く、膝は梓の[32]弓と曲がつてゐる。

老僧の名をハリバンと云ふ。

老僧ハリバンは時にコンラドと長い時間を秘密な部屋でたゞ二人語り耽ることがある。

騎士コンラドにとつては老僧ハリバンは心の唯一人の友であり、また魂の懺悔をなすたゞひとりの救ひ主でもあつた。

騎士と老僧とは誠に此の上なく信頼しあつた幸福な友垣！

心の指導者として聖なる老僧を選む人の心こそ此の上なく高く清められてゐる。聖僧の清い心こそ、此の現世に認むべき唯一の目標だ。

徳の完きに活き、戒律の厳粛を体すべき騎士道ながらにゆるすは神、過つは人。騎士コンラドと雖も何んの過誤なくてかなはうぞ！　彼には心の底を絞つて想ひ起こす大きな過誤がひとつある。一切のこの世の快楽を塵のごとくに蔑視しつくした騎士コンラドにも堪えがたい心の鬱悩に身の置きどころもない程に悶える時もあるのだが、そんな場合泥酔のさんざめく稠人《ちゅうじん》荒座[33]には行かないで、たつたひとり淋しい部屋に閉ぢ籠り唇もゆる強烈な酒の独杯にその鬱を散ずることもある。

咽喉を焼く一杯は彼の相好を変へ表情を躍らす。その顔の暗鬱と蒼然とが俄に昂然として来て頬の色は茜に紅潮を漲らし、その巨大な二つの眼は、かつて若かりし頃は空色に澄んで冴えきつてゐたのが、幾星霜をくゞつて今何んとなく燻んで濁つて来てゐるのが、その昔の輝きをとりかへして、ぎらりと閃くかに思はれる。その時彼の胸中には、悲痛に泣く嘆きの抑へ難たなく掻き乱すものがこみあがつて来るのでもあらうか。瞼に重たく盛りあがつて来るものは玉のような涙の滴々、彼の手は自らにして六弦の琴へと遊いで行くのである。

その峻厳な厚い唇から歌声も漏れて出る。

それは異国の耳には意味のわからない歌の言葉。

意味はわからないにしても、その悲痛な顔色からは当然に察せらるべき哀音切々で、そのカデンスはさながらに挽歌の如し。——

その額には緊張が漲り、その双の眸は凝乎と音もなく下を見おろして恰も地の底から何かの霊魂でも出現して来るのを待ち受けてでもゐる様な有様だ。

その黙念の彼の姿を覗いて見るならば、過去に埋もれた深淵をとほして、若かりし頃の想出を何処までも無限に追及してゐるものの様だ。夢より外に辿りつくべきよすがもない記憶の孤島に今しも彼の魂は泳ぎついてゐることであらうか。

だが、それにしても奏で出す彼の琴の音色には、楽しけな調子と云ふものは一向にあがつて来ず、夢見心地を浮き立たしむべきもの絶えてなし。顔はいつまでも下を向いてばかりゐる。彼はほゝゑみと云ふことを不倶戴天の敵のごとくに避けてゐるらしい。彼の太い指はやさしくもいろいろな弦を清掻き鳴らすのであるが、ただ歓楽と云ふ弦には触れないでゐる。——その弦だけは黙。それは幸福の弦とも云ふ。彼の弾声は此の世のあらゆる情緒にしみわたつてゐるにしても、ただ一つの希望と云ふものには触れないでゐる。恰も希望と云ふことのみが断弦してゐるかのやうに…………………。

*

或る時のことであつた。

ふとしたことでコンラド・ウオレンロドが昔別れたまゝになつてゐる兄弟が、図らずも彼のところを探しもとめて来て彼の昔とはすつかり変り果てゝしまつた姿、性格を見て、驚いて呆然として呆れたまゝ何時までも立つてゐたと云ふ。それは矢つ張り彼が琴を弾じてゐた時であつたが、彼は突然に忿怒の情で五体をうねらせ、琴を放り投げ、そのまゝ黙り込むでしまつたが、それは一刻、俄かに雷の様な怒号をあげて呪詛をやり出した。そして老僧ハリバンを盗むが如くに顧みて秘密なさゝやきをしたのはまことに不気味を極めたことであつた。かと思ふとがばと仁王立ちに竦《つまだ》立ちあがつて、落雷さながらの大声叱咤、見えない大軍に号令でもするかの如く怒鳴り散らす。物凄い形相に急変しては荒れ狂ふ。兄弟等はたゞ唖然として恐れて縮みあがつてしまつた。

縮みあがつて怖れ込んだ兄弟等はひたすらに慴伏《しょうふく》[34]されてゐる外はなかつた。
荒武者コンラド・ウォレンロドの鬼をもひぐ物凄い顔に爛々と輝いた二つの巨眼。それがにらみつけた光は水よりもつめたく刺す。貫く。徹する。峻烈々。しかも何物か胸中の深刻きはまる無限の秘密を雄弁に吐露するものの如くに悽愴だ。何んのための逆鱗か、忿怒か、それは解くすべもない、過去に茫々と忘れてしまつた恐しい誓言でも思ひだしたのか、それとも、その胸をつんざく様な大懸念でも眼覚めて来たのか、咆吼《ほうこう》怒罵、とても手がつけられないのを、老僧ハリバンがひとたび彼の耳朶に神秘なさゝやきをなすと、倏《たちま》ち額の雲が雨後のごとくに颯と消え去り、その顔は冷然となり、怒りのぼつた紅蓮の焔が鎮火し、燠の様だつた眼の色が褪せて来る………。その有様をたとへて云ふならば、丁度、老朽な獅子扱ひの手に、荒れ狂ふ百獣の王が一刻にして慣れ親むが如し。殺気漲る猛獣苑の古代の光景を偲べ。老僧は獅子師にも似る。綺羅星の如くに講座にならぶ王者、淑女、侍べる騎士群の前に颯と合図を鳴らす獅子師がさて一場の挨拶を終つて鉄柵内の獅子を竦立たて荒狂ふなかに水の如く沈着な態度ではいり込むで行く。観衆はただおそれて一語なく尻り込むのは、あまりに猛獣が吼えるからでもあらうが、それを馴らすことのはやさは倏忽《しゅっこつ》[35]。何の秘術あつて猛獣はかくも猫に似るか。老僧と猛将とはかうして悦に入つたかとさへ思はる。不思議？

（つゞく）

⑨ 翻訳（Ⅱの冒頭から②まで） 加藤朝鳥「ニイメン河畔の六弦琴（波蘭の大詩人ミツケギイチの原作）―
―コンラド・ワアレンロド物語――」一九三七年七月

夜も更けた

メエレンブルブ[36]の丘に聳える高い塔から鐘が鳴る。鳴る。鳴る。場内の広間、それは主権者選出の大評定のあつた広大な厳粛な広間だ。その広間から多くの騎士群が鐘の音を合図に流れ出る。続く。もう大評定も段落がついて、選定された主権の大将軍の為めに、これから隣りの教会堂に行つて忠誠を誓ふ儀式を更けた晩禱とともに厳修《ごんしゅ》[37]するのであつた。

選定された大将軍の威徳はいやが上にも高い。世は鎮まる。枝も鳴らさぬ泰平の予想は冴えわたる夜の静けさとともにニイメンの流れも水音たゝず、岸の津をひたして漾々として居る。騎士の群は諧和《かいわ》[38]、教会堂から上がる聖歌の調べの粛々として夜を挙げて讃ずるが如し。

聖歌

いまこそ聖のいますべき
シオンの山の鴿翔《はとかけ》り[39]来て、
つばさをこゝにとゞめ給ふぞ。
天翔る精霊の、御座を讃えむ。
輝くつばさを、ひろげてたまへ。

十字の騎士なるわれ等の領へ。
遺徳いやます大将軍の
みかしら輝く宝冠仰げよ
胸に燦たり十字の深紅。
ほめよ。たたゝむ。

かうした讃歌のなかに忠誠を誓つた騎士群が、三々五々と退下《たいげ》して行くのであつたが、残る大将軍はさらに黙々。その傍らに老聖僧ハルバンが将軍の為めにも心罩《こ》めて祈ることを忘れはしなかつた。将軍もまたハルバンの為めに祈り続けて何時やむとも見えなかつた。

時は五月、夜は涼しく、城の外苑にも森の梢にも冴えて動かぬ鎮静が充ちわたつて居るなかを、退下の騎士の一群が並樹の蔭の逕《みち》をひろつて行くのもあれば、まだ城のバルコニイの夜気のあまりに厳粛なのにうたれたからでもあらうか、心にわだかまる不平の微塵だになくて夜を更かし、夜の明くるを知らぬ清楽こそ、騎士の胸々につくるない感懐が何処までも揺曳して居るからであらう。こんなにしてゐるうちに、はや遥か彼方の東の山の頂に、ほんのりとおぼろ気の感ぜられたのは曙がせまりて来た為めではあるまいか。

今の今までサフアイア色に牧場を広々と照らして居た月が心あるもの、如くに表情をかへ出した。見ればときどきに思ひがけなくもその眸のぎらぎらと輝くかに思はれる。お、かた東の山の端におぼめく曙の色をまだわが領に迎るにはやしとたしなめるが如し。月の水色は薔薇色の輝くを忌む。かと思へばさつと暗し。すねて雲にかくれたが、その雲、銀よりも輝かに白く蟠《わだか》まる。さりながら月の孤独よ。寂しさに堪えがたくなりて、すこしく覗き見る風情が沈黙のなかにたゆたつて居る。恰も心ない別離に何時までも心を残して居る淋しい恋人が、その淋しい夢のなかで、突然に明るい賑やかな団欒を見つけだして、俄かに歓喜に時めくが如く、雲から出た月がぱつと牧場と大和を鏡の如くにする。其の一刹那、あらゆる希望も歓喜も苦痛も、ぱつと競つて自らに露出して来るかと思はれるが、たちまち古い哀傷にひかされて泣きすゝるが如くに光をにぶらせてしまふ。かと思ふと月の顔は次の刹那に朗らかにも浮き立つて来て消え徂《ゆ》く夢を最後の一刻に掴みとめたかと思ふと、それも洞ろか。一瞬にしてその顔が廃墟の色を漾えて来る。それはほゝ笑みから一転する泣いざくりの顔、やがて悄然として胸の重みに頸垂れ込むかのごとく、月はがつくりと疲れた様な風情で山の端に隠れてしまつた。

月がかくれても騎士群のあるものはまだ城の前庭に胸の行くまゝに閑をたのしみ、初夏の夜気をとめどもなくむさぼつて居るのであつたが、選ばれた大将軍だけは粛として過行く時を一刻も空しくは過ぎさせないで居る。どの問題も犇々《ひしひし》と重責を厳粛に押しかけて来るものばかりで、将軍はみんなそれ等を老聖僧ハルバンに諮訊する。数多の重要な人物をそれぞれの適任の位置に控えつける。即刻にして論功行賞のことにも忙しい。城の前庭に屯して居る騎士群にも、それぞれに重要な任命をしたので、残らず河畔の静かな湖水の騎士を行つてしまつて、やつとのことで落ちついて来る。

もう東は白みかゝつて、曙も近い。曙が来れば、天地をくつがへす様な重大な大活動が開始されねばならぬ。将軍と老聖僧とは身動きしやうとしたその時――

何処から知る聞こえて来た声！

何処からの声？

将軍と老聖僧とはぢつと耳を澄ました。

淋しい女隠者の声を城の塔は反響させた。

＊

あの女隠者が淋しくも人環を離れてあの窖《あなぐら》よりもすごい岩蔭に隠れてからもう十年の歳月が流れてしまつた。女隠者は華やかな処女の群れる世界から長い歳月を過ぎて現在の窖塔《こうとう》に来たのだ。この窖塔にだ。何の為めに？

何か神意のこもつた啓示と祝福とに導かれて心に深く期するものからにこんな窖の様な廃塔に来て居るのか、それとものがれ難い悔恨のなかに過去に犯した心の深い痛手を慰すべく此の苦行にわれとみずから身をさいなめて居るのか。それは誰も知つて居らぬ。界隈の人々が知つて居ることは、たゞその廃塔を生きながらの墓といみじくも心得て余所に姿を現さぬ女があることだ。世間の人々はたゞそこに不思議な妖女が一人居るとだけしか知らぬ。

彼女がはじめの程こゝに来て、連日連夜、熱心な祈禱をくりかへしてばかり居るのを、僧侶たちが極めて奇篤なことに思つて、その淋しい場所を何時までも占領して居ても、とがめなくなつたのは余程昔のことであつた。窖の傍に石と煉瓦とを積むで教会堂が出来たが、女はその教会堂のなかに這入らうとはせず、依然として窖塔のなかで淋しく、祈禱と瞑想とをつゞけて来た。女は、神とのみ相対して来たのだ。神とのみに。

此の廃墟の荒塔にはいつてしまつてからの妖女の顔を、誰も面と見たものは無かった。いそがしい浮世の浪は、荒磯の岩を洗つて流れ去るがごとく幾春秋は過ぎさつても、女は世に顔を出さうともせず、窖塔に閉ぢこもつたまゝ何かを誦して居る。読経か、呪文か。巫女か魔女か、生ける墓場としての此の窖塔はおそらくは此の現世の末日がきて、よしんば最後の審判に天地がゆるぐことあつても揺らぐことなく、不思議な女性を包蔵したまゝ物の怪の如くに続いていくのであらうか。

苔蒸した窖塔のやゝ高いところに窓が一つ開いて居るが、勿論、そこからの出入をゆるさない様に幾つかの植木が遮つて居る。たゞ這入るものは迷信の深い敬虔な善男善女が時々捧げて投げ込むパンと水の類、そして天が送つて来るそよ風と光とだけだ。さても此の荒塔の女は何の犯した罪あつてかくも深刻に世をすねて居るのであらうか。暗の涅槃にいたましく、悩まされたる優《や》さ心。世を呪ひ憎む心が深く骨髄に根ざして、広々としたニイメン河畔の涼い風にも温かい太陽にも御身は遠ざかつて居るのだ。ひとたび此の窖塔を自分の墓場と決心して閉ぢこもつてしまつてからは浮世との交渉をすつぱりと絶ちきつてその姿を見たものもなく、彼女も身をのして窓からさへ覗いたためしも無い。夏の空に色さまざまに変る雲の美しさも彼女の眼をひかず、春秋の牧場に咲く花も彼女の眸を誘惑し得ぬ。しかも、彼女の美しい容貌は花よりも雲よりも遥かに麗はしいのに。…………

（つゞく）[40]

1　吉上昭三「ポーランド文学と加藤朝鳥」、「ポロニカ'90／創刊号」、一九九〇年、恒文社。

2　ガブリエレ・ダヌンチオ（加藤朝鳥訳）『犠牲』（一九一三年　植竹書院）。翻訳家としての加藤の処女出版。

3　宇野浩二「加藤朝鳥の思出」、「反響」第七二号「加藤朝鳥追悼号」一九三八年八月、八頁。宇野浩二『一途の道』、一九二四年、三和書房所収。

4　久山宏一「日本における『パン・タデウシュ』紹介史」、ミツキエヴィチ（工藤幸雄訳）『パン・タデウシュ（下）』、一九九九年、講談社文芸文庫。

5　日高只一「噫加藤朝鳥君」、「反響」第七二号「加藤朝鳥追悼号」、一四頁。

6　加藤寿々子未亡人は朝鳥は若い頃からジンギスカンに興味を持っていたと証言している。ラルフ・フォックス（加藤朝鳥訳）『成吉思汗』（一九三八年、竹村書房）「あとがき」三三〇頁。

7　一九二三年版の巻末には、「囚れたる文芸」のうち十字軍に関する一節が、（あたかも巻末に置かれた題辞のように）付記されている。「中世に文芸なし一切の感情は馳せて宗教に之きたり。而して其の磅礴《ほうはく》する処遂に発して自然の文芸となれるもの十字軍ならずや。而して暗黒時代の濃霧尚ほ欧州の都市を圧して垂れかゝりたる中より、かしこナポリの丘腹に挺然《ていぜん》たる寺塔の十字架のみ已に燦然として光を放ちたり。是れかすかに天の一角に芽ぐめる文芸復興の第一光が早くも頭地を抜ける塔の頂に反射ならずや。やがて黄金の如き光線は、林を浸し野に溢れ、天地はじめて一朗人畜共に舞ひ百禽声を揃へて歌い出づるの盛観を呈したり。世に若し斯くの如き文芸復興の国あらば其の壮観いかばかりならむ。想像しても見給へや。」

8　加藤朝鳥が『コンラット・ヴァレンロット』関係テキスト中、「波蘭」ではなく「ポーランド」表記を用いた唯一の箇所。
9　こだまかがい（一八七四〜一九四三）は詩人。代表作に『社会主義詩集』（一九〇三）など。
10　②を指している。
11　「祖国行―ぱん・たぢうす―」「第一回 帰省」、「祖国行―ぱん・たぢうす―」「古城」として、「政界往来」一九三四年五・六月号に掲載。
12　浄瑠璃・歌舞伎『鈴ヶ森』などの主人公・平井権八（江戸前期の武士）は、遊女小紫となじみ、辻切強盗を働いて処刑された。
13　江戸時代の実録体小説。下総の国佐倉藩城主堀田正信の苛政に抗議して、名主惣五郎が将軍に直訴した事件を題材とする。
14　①参照。
15　憲法記念日。
16　今後はポーランド以外の国の文学も紹介したい、との加藤朝鳥の希望が述べられている。
17　プーシキンの誤り。
18　一八二八年の誤り。再版は一八二九年刊行。
19　原作の梗概が正確に紹介されているとはいいがたい。「解説」参照。
20　プーシキンと「親交」したのは事実だが、クリミアを一緒に旅したという事実はない。
21　カウナス（コヴノ）で教職に就いたのはロシア流刑前。
22　ローザンヌ（スイス）で古典文学を講じたのは、『父祖の祭り』『パン・タデウシュ』の執筆より後。
23　コレージュ・ド・フランス教授だったのは一八四四年まで、五一年から露土戦争への出征直前までは、アルセナル図書館に勤務していた。
24　以下、作家ヴァツワフ・シェロシェフスキ（一八五八〜一九四五）のこと、彼が旅の途中出会った歌人佐々木信綱（一八七二〜一九六三）に、『パン・タデウシュ』冒頭を絵葉書に書いて贈ったことなどが書かれている。『コンラット・ヴァレンロット』への言及はない。

25 「鯉口」は刀の、鍔近くの部分で、抜けにくいように細工がしてある部分。昔、家臣が城に入り将軍と謁見する際には大刀を持って入らず、脇差も抜いてはいけなかったが、それを「鯉口の三寸たりとも抜いてはならぬ」といった。

26 ⑦の雑誌版中、ルビが付せられているのは、「白楊《ポプラ》」のように、漢語の「外来語読み」をカタカナで記した箇所に限られる。それ以外のルビは、筆写者が付した。

27 「文芸汎論」誌に、⑦の続編が掲載されることはなかった。

28 ⑧雑誌版中、ルビが振られているのは、この箇所と「夜鶯《ナイチンゲール》」（後出）の二箇所のみ。それ以外のルビは、筆写者が付した。

29 兵乱のために起こる火事。

30 ⑧の雑誌版でも太字で強調されている。

31 「解説」参照。

32 梓弓は梓の木で作った丸木の弓。上代、狩猟、神事などに用いられた。弓が反るところから「かへる」にかかる。

33 人が群集まっていること。

34 恐れてひれ伏すこと。

35 時間の短いさま。たちまち。

36 原文のママ。

37 儀式を厳かに執り行うこと。

38 調和する。

39 ⑨雑誌版中、ルビが振られているのは、この箇所のみ。それ以外のルビは、筆写者が付した。

40　「反響」誌に、これ以降の続編が掲載されることはなかった。六四号後記には、「『ニイメン河畔の六弦琴』は希望者多きにより後日全部をまとめて発表する」との予告が載っているが……。

解説

一

Adam Mickiewicz アダム・ミツキェーヴィッチ作 *Konrad Wallenrod. Powieść historyczna z dziejów litewskich i pruskich*『コンラット・ヴァレンロット　歴史物語——リトアニアとプロイセンの故事より』は、ポーランド語文学の傑作です。しかし、副題から明らかなように、私たちの多くが「ポーランド」と聞いてまず連想する都市、例えば、新旧の首都ワルシャワ、クラクフが舞台の作品ではありません。

「Malbork マルボルク」という地名をお聞きになったことがあるでしょうか。タトラ山脈に発してポーランド全土を貫流し、クラクフ、ワルシャワ、トルンを経て、バルト海へと流れるヴィスワ河。その支流ノガト川下流の東岸にあり、バルト海にも程近い。「マルボルクのドイツ騎士団の城」は、一九九七年にユネスコの世界遺産リストに登録されました。人口は四万人弱。

マルボルクはかつて、ドイツ騎士団（後述）の首都でした。一二七四年に城郭の建築が始まりましたが、工事未完のまま一四五七年にポーランド王に売却され、騎士団はこの街を離れます。物語の主要な舞台は、このマルボルク（作中では、Marienburg マリエンブルクと表記されることも）城とその近辺です。

さらにいえば、本作にはポーランドまたはポーランド人への言及がほとんどありません。登場人物はいずれも、リトアニア人またはドイツ人、プロイセン人としての民族意識を持っています。

それにもかかわらず、『コンラット・ヴァレンロット　歴史物語――リトアニアとプロイセンの故事より』が、ポーランド語で書かれたポーランド人のための文学として、極め付きの問題作である所以はどこにあるのでしょうか。

二

一八二五～二七年に執筆され、二八年二月にペテルブルクで刊行された作品です（なぜポーランド詩人の作品がロシアで刊行されたかについては、本書巻末の作者略歴からご推察ください）。副題の「歴史物語」「故事」が示すように、物語られているのは、作者にとって遠い「過去」の出来事です。

作品の主人公 Konrad《コンラット》 Wallenrod《ヴァレンロット》は、実在の人物 Konrad《コンラット》 von《フォン》 Wallenrode《ヴァレンローデ》（または、Konrad《コンラット》 von《フォン》 Wallenrod《ヴァレンロット》）をモデルに創作されました。生まれは一三三〇～四〇年ごろ。七六年からドイツ騎士団のさまざまな管区の長を務め、八三年に総帥代理の地位に就きました（傍点を付した歴史用語については、後述)。八七年にマルボルク管区長兼総管区長に選ばれます。一三九一〜九三年にはドイツ騎士団総師を務め、九三年七月に死去しました(作者は、「作品成立に関する註」のなかで、逝去の年を「一三九四年」としていますが……)。物語は、彼がドイツ騎士団総師だった二年数か月を通して時系列に従って展開し、そこに入れ子状に挟まれたさまざまな語り(ハルバンの歌、コンラットと「塔からの声」の対話、吟遊詩人の歌・物語、バラード、アルフとアルドナの対話など)が、主人公の誕生から数十年を明るみに出していきます。なお作者は、意図的に、かつ公然と、作品の主人公の生涯を同姓同名の実在の人物のそれと異質のものに構築しています(その親友 Halban《ハルバン》と実在の Leander《レアンダー》 von《フォン》 Albanus《アルバヌス》についても同様です。「作品成立に関する註」参照)。この問題は拙文の終盤で論じるとして、とりあえずは、『コンラット・ヴァレンロット』は表題人物のモデルが生きた一四世紀半ばから末にかけて展開する、ということだけを記憶に留めておいてください。

作者の Adam《アダム》 Mickiewicz《ミツキエーヴィチ》(一七九八〜一八五五)は、執筆からおよそ四四〇年前を「現在」として、そこに至る約六〇年を振り返る(すなわち五〇〇〜四四〇年前の間の)歴史を物語りました。仮に作者が二一世紀前半を生きる私たちの同時代人だったとすると、織田信長の登場から室町時代末期以降の日本の有為転変を振り返る、コロンブスのアメリカ発見からマゼランの世界周航以降の世界の栄枯盛衰を振り返る……そのような時間的距離を感じながら、長詩を紡いでいったことになります。

三

一三九一～九三年に、（表題に挙げられている）リトアニアとプロイセン、そして（主人公がその総帥を務めていた）ドイツ騎士団は、どのような状況にあったのでしょうか。

まずは、ミツキェーヴィチ自身の解説に耳を傾けることにしましょう。

参照すべきテキストは二つ――一八世紀末までのリトアニア通史である『コンラット・ヴァレンロット』「まえおき」と一四世紀末に焦点を絞った『グラジナ』（一八二三）巻末の語注です。前者は本書でお読みいただくとして、ここでは後者を紹介します。

「十字軍騎士団（ドイツ騎士団）またはいわゆる病院の騎士たち・聖母マリア崇拝者・チュートン修道会は、一一九〇年にパレスティナに創設され、その後一二三〇年にマゾフシェをプロイセン人とリトアニア人から防衛するために、マゾフシェ公コンラットに招かれた。その後、異教徒（非キリスト教徒）にとってのみならず、周辺のキリスト教国にとっても、最も恐ろしい敵となった。当時の歴史家たちの一般的な報告は、この騎士団の貪欲、残酷、高慢、キリスト教信仰への熱意の不足を非難している。司教たちは教皇に、十字軍騎士団の騎士たちが異教徒の改宗を妨害している、教会財産を没収し、聖職者を圧迫していると苦情を述べた。私たちは、ここに、あれほどしばしば教皇並びに皇帝に訴えられた、こうしたふるまいの証拠を、数多挙げようと思えばできる。しかし、反対者の苦情を信じたがらぬ者がいる以上、公平な年代記作者ヤン・フォン・ヴィンテルトゥル

（ヨハネス・ヴィトドゥラヌス）の言葉を載せることにする。この歴史家は誠実を持って名を馳せた人であるが、彼は十字軍騎士団に対して何らの悪意も持たず、ドイツ人として聖職者として、異教徒たちの肩を持つような偏見はおよそ持ち合わせていないが、彼は率直な気持ちで、荒削りのラテン語でドイツ騎士団についてこう書いている。（……）『このころ信頼に足る人々の口から聞いたように、プロイセンを広く支配しているドイツ騎士団は、リトアニア王に戦争を布告し、暴力的にその国の一部に侵入した。自領回復のため、王は彼らに、カトリックの信仰を受け容れると約束した。しかし十字軍ドイツ騎士団が約束に従おうとしなかったとき、王はリトアニア語でこう言った――「あなた方には信仰ではなく、金が大切なのだ。それならば私は異教徒に留まろう」。彼ら十字軍騎士団については、（これは、カトリック信仰にとっての痛恨事である。現実とならねばよいのだが！　まことに有害なことである）異教徒たちが貢物から解放されて洗礼を受けることよりも、貢物を払って無信仰のまま笞打たれることを望んでいる、と言われている。彼ら（十字軍の騎士）は異教徒の大公の土地だけでなく、キリスト教の大公の土地をも攻撃しているとの風評もある』。」
（「六」の引用に続く）

　ミツキェーヴィチは、約めて言えば、十字軍騎士団（ドイツ騎士団）は非キリスト教徒にとってもキリスト教徒にとっても敵、リトアニアは十字軍騎士団（ドイツ騎士団）と戦争を繰り広げている、プロイセンは十字軍（ドイツ騎士団）に支配されている、と理解していました。

プロイセン
前史　元来は、バルト海沿岸ヴィスワ川下流域に住んでいた民族名。周囲のスラヴ種族がキリスト教に改宗しても異教に留まったため、1226年にポーランドのマゾフシェ公の要請でドイツ騎士団によって征服される。ドイツ人が移り住み、その後200年にわたって、ドイツ騎士団が国家を築く。
1391〜93　ドイツ騎士団国家（1228〜1525）の「武力に屈し」（「まえおき」）ていた。
後史　グルンヴァルトの戦いで、ドイツ騎士団はポーランドに敗れる。ポーランドはプロイセンの西半を併合し、東半は宗教改革によってプロイセン公国（1525〜1701）となる。
1828　1772年の第一次ポーランド分割で西部プロイセンはプロイセン王国（1701〜1918）の一州となっていた。
十字軍騎士団（ドイツ騎士団）
前史　十字軍騎士団（修道騎士団または騎士修道会）のうち、とくに有名なのは、テンプル騎士団、ヨハネ騎士団、ドイツ騎士団（チュートン騎士団）。十字軍運動の盛りあがりとともに大きな力を持った。構成員は、上から順に、総長（本訳書では、軍事的な意味合いを強調するために、加藤朝鳥（付録参照）に倣って「総帥」の訳語を採用した）／総管区長／管区長／修院長／小修院長／修道騎士／修道司祭という位階を構成。総帥は、総会の選挙で選出される。 ドイツ騎士団は、一三世紀にはドイツの北東、バルト海地方の異教徒改宗事業（いわゆる「北の十字軍」「北方十字軍」）に乗り出し、同時に進行していた東方植民運動の中心となって、まずはエストニア、ラトヴィア、リヴォニア、さらにはプロイセン地方を領有。続いて、リトアニアのキリスト教化＝征服に乗り出す。一四世紀後半、ドイツ騎士団国家に最盛期をもたらした偉大な総帥が出現する。（作中でも言及されている）ヴァインリッヒ・フォン・クニプローデ（1310ごろ〜82）（在位1351〜82）である。
1391〜93　1387年にヨガイラ＝ヴワディスワフ二世ヤギェウォがカトリックの洗礼を受けたことで、ドイツ騎士団はリトアニアを攻撃する理由を失うが、キリスト教世界の前衛である彼らは、リトアニアをあくまでも異教国家と見なして、戦闘を継続していた。
後史　領土を広げバルト海沿岸の一大勢力となるが、15世紀初めには没落（「プロイセン」の項参照）。
1828　キリスト教化事業が終わると存在理由を失い、1525年には世俗領主となっていた。

リトアニア
前史　13世紀にミンダウガス（1200ごろ～63）が諸部族国家を統一する。1251年にカトリックに改宗するが、その死後、リトアニアは再び異教国に。一四世紀にゲディミナス（1275ごろ～1341ごろ）の下で領土を拡大。長女アルドナはポーランド（ピャスト朝）のカジミェシュ三世（大王）と結婚、長男アルギルダス（在位1342～77）と（本作中にも登場する）ケストゥティス（在位1377～82）はともにリトアニア大公を務め、アルギルダスの子ヨガイラ（1351ごろ～1434）（リトアニア大公在位1382～92）（ポーランド国王在位1386～1434）は、1386年にポーランド王女ヤドヴィガ（1374ごろ～99）と結婚。ヨガイラは、ポーランド王（ヴワディスワフ二世ヤギェウォ）を兼ね、翌87年にカトリック教に再改宗する。
1391～93　キリスト教（カトリック教）化の最初期、ヨガイラとヤドヴィガの結婚生活、ポーランドとの同君連合結成期にあった。それをよく示すのは、ミツキェーヴィチが作中登場させたヴィタウタスの数奇な運命である。彼は、青年期にはヨガイラと対立関係にあり、ドイツ騎士団領に身を寄せてカトリックの洗礼を受けたことがある。その後ヨガイラと和解し、東方正教会の洗礼を受け直す。ところが弟との対立から、89年には再びドイツ騎士団の庇護下に入る。92年には再びヨガイラと和睦、リトアニアの事実上の支配者になる。
後史　ヤドヴィガの死後、ヨガイラ＝ヴワディスワフ二世による単独統治が35年以上も続き、数世紀に及ぶポーランド・リトアニア合同の土台が築かれる。1410年には、従兄ヴィタウタス（1350ごろ～1430）（リトアニア大公在位1401～10）（作中に登場）と結んで、グルンヴァルト（タンネンベルク）の戦いでドイツ騎士団を撃破（ノーベル賞作家ヘンリク・シェンキェヴィチ〔1486～1916〕の長篇小説『ドイツ騎士団』〔1900〕参照。映画版〔1960〕の邦題は『鉄十字軍』だった）。ヴィタウタスがバルト海から黒海に至る大国家を建設し、最大版図を実現するが、その死後ポーランドとの連合政策によって次第に独立を失い、支配層がポーランド化される。
1828　18世紀後半のポーランド分割によってロシアに併合される（ロシアで刊行された『コンラット・ヴァレンロット』の「まえおき」では、検閲を考慮して、あえて触れられていないが、当時のポーランド人読者にとっては暗黙の了解事項だった）。

表1　『コンラット・ヴァレンロット』理解のための歴史的事項

＊

以上は、『コンラット・ヴァレンロット』理解を助けると思われる歴史的事項を表にまとめたものです。いささか煩雑になりますので、読み飛ばしていただいてもけっこうです。なお、作品出版（一八二八）当時におけるそれぞれの状況も付記しました。

『コンラット・ヴァレンロット』には、「ドイツ騎士団に屈しなかった異教の民」リトアニアと「ドイツ騎士団に屈した、参加したキリスト教の民」プロイセンを対比した副題がつけられていることになります（「序詩」を読むと、文明度の点からも両者を対照していることがわかります）。いや、なによりも、リトアニアは作者にとっての故郷であり、プロイセンは異郷なのでした。『コンラット・ヴァレンロット　歴史物語――リトアニアとプロイセンの故事より』は、こうした二項対立を孕んだ、実に劇的な表題なのです。副題だけではありません。なにしろ主要な表題とされたコンラット・ヴァレンロットその人が、十字軍騎士団（ドイツ騎士団長）になりすましたリトアニア人なのですから！

四

登場人物の運命をたどる前に、書物の構造を一瞥しておきましょう。

（1）表題＋題辞
（2）献辞
（3）まえおき
（4）序詩
（5）Ⅰ～Ⅵ
（6）註〔語註〔仮題〕＋作品成立に関する註〔仮題〕〕

という構成です。

なお（6）は、原書では、一行空け（刊本によっては横線の場合も）で二つに区切られて、（5）の後にひとまとめに掲載されていますが、本訳書では、参照の便を考慮して、「語註」は「原註」として作品の当該箇所に移し、「書物」の最後には「作品成立に関する註」だけを残しました。

これは、ロマン主義文学でたびたびお目にかかる、複雑な結構の書物です。作品本体（「歴史物語」）に付加することのできる、（索引と補遺を除く）あらゆる形式の作者自註を装備している、ともいえます。

ただし、いかなる時代を主題にしているか（または書かれたか）という観点から眺めると、複雑さの裏に潜んでいる構造性が見えてきます。

番号	項目	主題となっている（または書かれた）時代
1	表題＋題辞	一八二八年＋一五三二年（マキャベリ『君主論』刊行）
2	献辞	一八二七年夏
3	まえおき	一八二八年
4	序詩	一四世紀末
5	I　選挙	一三九一年
	II　（無題）	一三九一年
	III　（無題）	一三九二年＋その数十年前（「塔からの歌」）
	IV　饗宴	一三九二年＋一三六二～七〇年（「吟遊詩人の物語」）＋その幾世紀も前（「バラード」）
	V　戦争	一三九三年
	VI　別れ	一三九三年
6	註	4と5に描かれている時代（語註〔仮題〕）＋一八二八年（作品成立に関する註〔仮題〕）

書物の根幹をなす「歴史物語」が、「現代」（一八二八年）によって挟み撃ちにされています。さらに書物のいちばん最初（1）と最後（6）のパートでは、「過去」と「現代」が小さな対話を行っているかのようです。

「Przemowa まえおき」の後に「Wstęp 序詩」が続く、という一見奇異に思われる構成にも根拠があります。直訳すると、前者は「まえにおかれた言葉」、後者は「なかに入る」を意味しますが、『コンラット・ヴァレンロット』という書物では、文字通りの機能を果たしています。それぞれが、「歴史物語」の「まえにおかれた言葉」、「歴史物語」の「なかに入る」言葉だからです。(「歴史物語」の外部にある)前者では、一八二八年の視点からリトアニアの状況が説明されています――「リトアニアはもはやすっかり過去にある」。それに対して、(「歴史物語」の内部にある)後者は、一四世紀末の視点から書かれているのです――「百年もの時が経ちました」は「百年経って一四世紀末になった」という意味なのです。

また、IIとIIIに表題がつけられていないのは、I~IIIを「選挙」ととらえる、あるいは「選挙」が三分割されていると考えるべきなのでしょう。本作品の構成は、長大な二章(「選挙」「饗宴」)の後に、短章が二つ(「戦争」「別れ」)が続く、という美しい均衡の美を備えているのです。

五

いよいよ、十字軍騎士団(ドイツ騎士団)長になりすましたリトアニア人 Konrad《コンラット》 Wallenrod《ヴァレンロット》 の数奇な生涯をたどるときが来ました。

筆者=訳者より――『コンラット・ヴァレンロット』は、ページを繰るごとに主人公の生涯が時系列に従って継起していく……といった類の作品ではありません。読者は、主人公の「現在」のなかにさまざまな「過去」が織り込まれている錯綜した語りから、その生涯を再構成する努力を求められます。ある意味で、韻文で書かれた推理小説ともいえます。読書は、バラバラに投げ出されたジグソーパズルのピースを組み立てて、一つの図像を作る作業に似ています。そうした楽しみを味わっていただくために、本章は本文に挑戦した後でお読みになるよう、お勧めいたします

物語の梗概を整理してみましょう。

Ⅰ　選挙

マルボルク城に管区長たちが集まり、新しい総師選びが行われるようとしている。大方はコンラット・ヴァレンロットを支持している。彼はプロイセンでは無名の異国人だが、諸外国で騎士としての勇名を馳せてきた。有徳のキリスト者でもある。快楽を避け、貴婦人からも身を遠ざけている。若いのに白髪で、苦悩に満ちた生涯を送ったことが知られる。「祖国」「義務」「愛する女性」「十字軍」「リトアニア」といった言葉に、過敏に反応する。

たった一人の親友は老修道僧ハルバン。コンラットの欠点は一人酒を嗜むこと、酔って外国語で哀歌を歌うこと。その姿を見られると激怒し、彼を落ち着かることができるのは、老ハルバンの秘密めいた眼差しのみ……。

Ⅱ（無題）

修道僧の一団は、議場を出て礼拝堂に入り精霊に祈る――救世主に、誰が総師に最もふさわしい

か、問いかけるためだ。

明け方の祈禱の合間に、修道僧たちは聖堂の外に出る。総管区長はハルバンと数人の兄弟を呼び出し、次期総帥について議論する。帰途、女隠者の声が聞こえてくる。彼女は十年前から城近くの塔に幽閉されているが、その正体を知る者は誰もいない。近郊に住む信者が彼女のために食料を運んでいる様子。夕方には窓に子どもたちを呼び寄せ、夜になると歌う。選出の夜、塔近くを通りすぎた修道僧は、隠者がコンラットに謎めいた呼びかけをするのを聞く――「彼らを殺すためにあなたが総帥にならなくては……。十字騎士団に真相を知られること、それがいちばん怖い」。

修道僧たちは、一瞬塔の下で陽光が甲冑に反射するのを見たように思うが、ハルバンは「幻だ」と言いくるめる。彼らが耳にしたのは「コンラットが総帥になるべきだ」という予言だったと付言するのだった。納得した騎士たちは城に帰る。ハルバンは一人塔の下に残り、ヴィリア川についての歌を歌う――「美しいリトアニア娘が異国の若者に恋をした。彼を追って故郷を離れた。娘は塔に身を隠し、誰も彼女を憶えていない」

III（無題）
コンラット、総帥に選出される。騎士たちはリトアニアを攻め落とすときが迫ったとの期待に胸を躍らせる。コンラットはしかし、一年経っても戦闘を始めない。リトアニアのドイツ騎士団への攻撃はいよいよ激しくなるというのに……。
リトアニアでは、ヨガイラが大公になり、ヴィタウタスの支配権を奪う。ヴィタウタスはドイツ騎士団に庇護を求める。リトアニアがこうした混乱状態にあるのに、コンラットは戦闘命令を発しない。ハルバンは、総師に会いに行く。毎晩のように、塔の下で隠者と話し合っているのだ。

隠者はリトアニアですごした過去を物語る――宮廷ですごされた幼年時代、求婚する若者が絶えなかったこと。宮廷に一人の若者が現れ、リトアニアと異なるキリスト教の信仰・風習について話して聞かせたこと。彼女は若者を愛するようになった。

女はコンラットに、「二人ですごした日々を忘れない」と言う。コンラッドは「数日のうちに、敵への復讐が達成されるだろう」と告げる。女はそれに答えて、「あなたはマリエンブルクに戻って、敵に復讐し、あわれな民族を救済する運命だった。だから私は、いずれあなたに再会する折もあろうと、マリエンブルク城近くの塔に身を隠した」と語るのだった。コンラットは、「ドイツ騎士団との戦いは避けられない」と繰り返す。

世界中の騎士たちがマリエンブルクに集合している。いよいよ戦いだ。それなのに、総師はさらに数日を、女隠者と対話して無為に費やしてしまうのだった。

IV　饗宴

コンラット・ヴァレンロットの招待を受けた騎士たちが、マルボルク城に集まった。総師は饗宴を張る。コンラットの傍らには、ヴィタウタスが席を占める。総師は吟遊詩人たちに歌を歌わせる。老いた詩人の番になる。「祖国を裏切る者は、死後地獄に落ちる」という歌詞に、ヴィタウタスは恐怖を覚える。老人は、自分もかつてドイツ人に捉えられて育てられ、祖国との絆は失ったが、故郷の思い出を最も大切にしている、と告白する。

老詩人はリトアニアの古歌を歌う――黒死病を運ぶ魔女について、だが彼女より恐ろしいのはドイツ騎士団だと。そして、「遠い時代と若い時代の間を渡す方舟」としての「民間の伝承」を讃えるのだった。

次に、散文による物語を始める。

かつてリトアニアでは捉えたドイツ騎士を火刑に処す習慣があったが、あるとき、美しい若者と老人が自ら降参してきた。ケストゥティス大公は二人を保護する。若者はリトアニア生まれだが、故郷がドイツ騎士団に襲われ、家族は全員殺害され、一人騎士団に拉致された。それ以来、ドイツ人ヴァルター・アルフとして生きてきた。ヴァインリッヒ総帥に我が子のように愛され、キリスト教の洗礼を受け、修道院で育てられた。しかし、彼の心はいつまでもリトアニア人だった。彼が出自を忘れなかったのは、大昔にドイツ騎士団に拉致されて、通訳を務めていたリトアニアの老詩人の教えのおかげだった。彼はアルフを、リトアニアとプロイセンの国境を成すニェメン河に連れ出して、「祖国への義務」について教え諭したからである。アルフはただちにドイツ騎士団に復讐しようとするが、詩人から諫められる――「もうしばし、ドイツ人の下に留まって戦術を学べ。お前は奴隷だ――奴隷の唯一の武器は陰謀だ」と。アルフはしかし、最初の対リトアニア戦の渦中にドイツ騎士団の下を離れ、詩人とともにリトアニア側につく。

ケストゥティス大公は、若者をカウナス城に迎える。ヴァルターは人々に、異国について、キリスト教の信仰・風習について物語る。ケストゥティスの娘アルドナはアルフに惹かれ、キリスト教に入信する。ケストゥティスは二人の愛を認め、アルドナをアルフの嫁にやる。普通の愛の物語ならば、ここでハッピーエンドになるところだが……。

ドイツ騎士団のリトアニア攻撃は激化していた。アルフは騎士団の武力がリトアニアを圧倒するほど強力であることを知っていた。彼は、ケストゥティス、詩人との話し合いの後、ドイツ騎士団への復讐計画を断行する。何も知らされていないアルドナと最後の夜をすごし、早暁に城を後にする。不安になったアルドナがアルフの前に立ちふさがる。夫は「祖国のためにおまえの愛を諦めなくてはならない」と言い放つ。妻は、「残りの人生はニェメン河の対岸に見える塔に自らを幽閉してすごす」と答える。ヴァルターは彼女に計画を打ち明け、修道院の入り口まで送り届ける。

……という物語が終わると、総帥は感動と興奮を抑えきれずにいる様子。自ら竪琴を手に取って歌う――吟遊詩人の「歌は魂の中にむごい毒を注ぎ込む、すなわち愚かな名誉欲と祖国愛をだ」と。誰もが待ち望んでいた戦争を告知する。

次に、詩人の伴奏でバラードを歌う――時代はスペイン人の対ムーア戦争時代、イスラム王アルマンゾルの物語である。彼は自らスペイン軍の手中に登降し命乞いをしたという。スペイン人は歓迎したが、アルマンゾルと挨拶の接吻を交わすと毒死してしまう。口に毒を含んだアルマンゾルも、その場で落命するのだった。

コンラットはふとその場にいるリトアニア人、ヴィタウタスのことを思い出す。彼がドイツ騎士団の下に身を寄せたのは、騎士団への復讐を遂行するためではなく、自国民への復讐のためだった……。

コンラットはテーブルをひっくり返すと、酔って眠り込んでしまう。

吟遊詩人はハルバンの変装だったのではないか、という噂が流れる。

V　戦争

戦争はもはや避けがたい。ヴィタウタスはコンラットから騎士団の戦闘計画を聞くと、同盟を破棄する。己が騎士たちを連れ去り、道中、チュートン人の城を壊滅させる。

騎士団はリトアニアに対する復讐戦争を始める。カウナスとヴィリニュスを陥落させたという報せが入ってくるが、冬になると連絡が途絶えてしまった。やがて敗北した騎士たちがマルボルクに帰還する。全員コンラットの指揮力不足を嘆いている。恥知らずの総帥は、真先に戦場から逃走したことすらあったという。

神の裁きによって敗北の原因を探る秘密法廷が召集される。コンラット・ヴァレンロットと呼ばれる人物は正銘のヴァレンロットではない！　かつてはヴァレンロット伯爵の従士、主人を殺害してその名を名乗ったのだ！　その後、至る所でヴァレンロットの名で名声を博し、一二年後には遂には総帥の地位に登りつめたのだ！　リトアニアとの合戦中に、密かにヴィタウタスと会っていたとの情報も入っていた。コンラットがリトアニアの女隠者と交わしていた会話も、立ち聞きされていた。秘密法廷は、贋コンラット・ヴァレンロットに死刑を宣告する。

VI　別れ

冬の朝、アルフはアルドナの塔の下に現れ、「誓いは果たした、ドイツ騎士団は敗北した」と告げる。「騎士団から逃亡してリトアニアに帰ろう」とアルドナに提案する。女は、「神に誓って塔に幽閉された以上、それはかなわない夢だ」と答える。

アルフは朝まで一人、辺りをさ迷い歩く。「禍あれ！　禍あれ！　禍あれ！」の声が聞こえ、それが自分への死刑宣告であることを理解する。再び、塔に戻る。アルドナに、「二人同時に死のう」と申し出る。アルフは「自分は胸壁にこもり、毎朝、おまえに合図を送る」とアルドナに言う。合図が見えなくなったときが、死のときだ。

アルフはハルバンとともに胸壁にこもる。そのとき、兵士たちが「禍あれ！」と叫びながら乱入してくる。アルフは毒をあおり、残りをハルバンに渡すが、ハルバンはあえてそれを飲まず、「リトアニアに戻ってアルフを歌で讃えよう」と誓う。アルフは絶命する前に、窓のランプを投げ落とす。それに応じるように、女隠者の塔から叫び声が響く。アルドナもまた自ら命を絶ったのだった。

……というストーリーを時系列に従って並べ直すと、次のようになります。

1　ドイツ騎士団、リトアニアの都市を攻撃。少年を拉致
2　ヴァルター・アルフ、洗礼を受け修道院で育てられる
3　かつてドイツ騎士団に拉致されたハルバン、少年の心に愛国心とドイツ騎士団への復讐心を植

え付ける
4 ヴァルターとハルバン、リトアニア側に逃れる
5 ケストゥティス大公の宮廷に出入りする
6 ヴァルターと大公女アルドナの結婚
7 ドイツ騎士団のリトアニア攻撃が激化する
8 アルフ、策略によってドイツ騎士団への復讐を誓う
9 アルドナの許を離れる
10 アルドナは修道院に入り、やがて、マルボルク城近くの塔に自らを幽閉して隠者として暮らす
11 アルフ、コンラット・ヴァレンロット伯爵の従士となる。やがて主人を殺害して、その名を名乗る
12 コンラット・ヴァレンロットを騙るヴァルター・アルフ、騎士として勇名を馳せる
13 ハルバンとともにマルボルクに現れ、修道士として理想的な生活を送る
14 コンラット・ヴァレンロット、ドイツ騎士団総師に選ばれる
15 夫と妻の再会――コンラットとアルドナの夜の対話
16 コンラット、総師としてあえて無能ぶりを晒す
17 饗宴が催される――裏切者ヴィタウタスも臨席／吟遊詩人の歌と物語／コンラットの歌うバラード／対リトアニア戦争を決断

18 ヴィタウタスの裏切り――ドイツ騎士団との条約を破棄
19 対リトアニア戦争――コンラットの（意図的に）拙い指揮／コンラットの裏切り＝ヴィタウタスとの密約／戦線からの逃亡／ドイツ騎士団の敗北
20 秘密法廷、コンラットに死刑宣告を下す
21 ヴァレンロットとアルドナとの最後の対話
22 コンラットの自殺とハルバンの決意――「アルフ＝コンラットの生涯を後世に伝えよう」と
23 コンラットからの合図を見て、アルドナも自死

六

筆者＝訳者は「三」で、『グラジナ』巻末の語注を引用しました。実はその続きの部分には、**Konrad《コンラット》 Wallenrod《ヴァレンロット》**のモデルである **Konrad《コンラット》 von《フォン》 Wallenrod《ヴァレンロット》**も登場していました。

読んでみましょう。

「ドイツ騎士団がこの不幸な民（プロイセン人とリトアニア人）に犯した数々の残虐行為は、身震いなしには読めない。プロイセンがすっかり打ち破られ鎮定されてしまった一四世紀末にもなお、ドイツ騎士団総帥コンラット・フォン・ヴァレンロットはクーメルラントの司教に立腹し、彼の教区の全農民の右手を切り落とすように命じた。（……）ドイツ人のみから構成されていた修道会ドイツ騎士団はかくの如き輩どもだったのであり、それ故に彼らはスラヴ人とリトアニア人を不名誉

に扱ったのだった。そしてバンドキェ（一六世紀ポーランドの年代記作者）は、ボレスワフ三世の勝利で記憶される『プシェポレ（犬が原）』がこのように呼ばれたのは、多数のドイツ人（犬）がそこで死んだためだと述べていた」

嗜虐的なまでに冷酷な独裁者です。

ところが五年後の『コンラット・ヴァレンロット』「作品成立に関する註」では、「傲慢・残酷・泥酔・部下に対する峻厳苛烈さ・信仰に対する熱情の薄さ・聖職者に対する憎悪」に加えて、それらとは相矛盾する「知性の偉大・勇気・武士らしさ・性格の力・類稀なる天賦の才」を指摘しています。人物造形が変化したのには、二つの要因があります。

一つは一八二二年に始まり生涯にわたって続いたバイロンへの熱中、もう一つは中世研究の深まりでした。いずれも『コンラット』執筆当時のミツキェーヴィチの環境と密接な関係があります。

英和辞典で Byronic を引くと、「世俗の道徳を軽蔑し運命に抗する」「ロマン的で風刺的な」「端麗・陰鬱・神秘的など」「悲壮で感傷的で憂わし気な」「情熱的・神秘的で憂いを帯びた」……といった説明がなされています。Byronism（バイロン主義・バイロン的であること）という語もあるようです。

ポーランド語の bajronizm はどうでしょうか。

新旧の大ポーランド語辞典には「革命的ロマン主義、支配的な社会・政治体制への反抗、民族解放の理念」「バイロンの主人公＝世界に背く孤独な反抗者に習った人生態度」という語釈が載っています。

『ミツキェーヴィチ事典』（二〇〇〇）は、よりミツキェーヴィチその人のバイロン受容に沿うかのように、「霊感と感情の爆発のおもむくままに生き、風俗的・美学的規律を越え、同時に孤独で不幸で周囲に背き、世界に自分の場所を見つけられない、そうした己れの独自性を意識した、非凡な個人としてのロマン主義詩人」「社会とその秩序と対立的関係にあり、しばしば過去に犯した行為の悲劇的責任の重荷を背負い、解決しようのない倫理的ジレンマの前に立つ反抗者としてのロマン主義的主人公」と解説します。

我らがコンラットの悲劇の本質に光を当ててくれるような説明です。このような主人公は、作者自身のロシア流刑体験を基に造形されました（「七」参照）。

ちなみに、ミツキェーヴィチは「コンラット」という名前を、ロシアで知己を得たデカブリスト詩人コンラド・ルィレーエフ（一七九五〜一八二五）とバレエ化されて有名になったバイロン作『海賊』の主人公（海賊の首領）の名から採ったといわれています。

次に、ミツキェーヴィチの歴史研究について考えてみましょう。

擬古典主義的な『グラジナ』とロマン主義的な『コンラット』は、ドイツ語やラテン語の歴史的文献を渉猟し、深く読み込んだうえで書かれました（双方に付された「原註」には、衒学的《ペダンチック》なまでに多数の外国語文献が引用されています）。ヴァルター・アルフと同じくある意味でロシアに拉致されたミツキェーヴィチは、孤独のなかでさらに研究を積み、史書の山のなかから二人の人物を発見します。

第四章への原註に記されているヴァルター・フォン・スタディオンとヘルクス・モンテです。ドイツ騎士のスタディオンは、一三五九年にリトアニア人によって捕らえられました。キェイストゥトの娘を娶り（結婚はしなかったとする史料もあります）、彼女とともにリトアニアを立ち去りました。プロイセン人のモンテは一二二五年ごろに、ドイツ騎士団に捉えられました。しかし、再びプロイセンに戻り、ドイツ騎士団に対して蜂起を起こしました。

ミツキェーヴィチは、「我らが主人公の性格と行為において、ここに述べられた一切の矛盾は、彼がリトアニア人であり、ドイツ騎士団に加わったのは、それに対して復讐せんがためであったと思惟すれば領ける」（「作品成立に関する註」）と気づきます。そう、彼をドイツ騎士ではなく、ドイツ騎士によって拉致されたリトアニア人にしてしまったのです！　しかも彼は一旦故郷リトアニアに帰って、ケストゥティスの娘の一人アルドナと結婚し、復讐のため再びドイツ騎士団に加わるのですから、まるでスタディオンとモンテの生涯を足し算にして、さらにそれを濃縮したかのようです！　彼の「過去に犯した行為の悲劇的責任の重荷」「解決しようのない倫理的ジレンマ」たるやいかばかりだったことでしょう！

七

『コンラット・ヴァレンロット』は、一義的な答えの見つかりにくい難しい問いを読者に突き付けてくる作品です——圧倒的に優勢な敵に対する戦闘に勝ち目がないような状況において、真の愛国者はいかにふるまうべきか、という。

三国分割下にあったポーランドでは、このような主題を「現代」を舞台にした作品で展開することはとうてい無理でした。ロシア帝国の検閲があったからです。ミツキェーヴィチは時代背景を過去に移し、物語に歴史的な衣装をまとわせました。「ドイツ騎士団に攻撃されていた一四世紀のリトアニア」＝「ロシアの圧政下にあった一九世紀のポーランド」というわけです（赤穂事件と『仮名手本忠臣蔵』の関係を知る日本人にとって、これはけっして理解しにくいことではありません）。主人公は、熱心なドイツ騎士団兵の仮面をかぶり、裏切り者の狐になります。騎士団の信愛を勝ち得、戦術を盗み、弱点を知り、それから裏切りを決行する。騎士団から得た情報を騎士団の不利になるように使い、それを同国人のヴィタウタスに伝える。すべては、戦闘に際してリトアニアが勇敢な獅子になるためにです。

あえて（前章に述べたような）「歴史離れ」を犯しもしました。

一八二八年当時のポーランド人は、そうした暗喩性を難なく理解しました。『コンラット』をロシア帝政との闘い方を教える教科書として読む人すらあったほどです。

二年後の一八三〇年、ワルシャワで、士官学校の生徒たちが、ロシア大公の居所ベルヴェデル宮殿を襲って、対露十一月蜂起が勃発したときには、聖書を踏まえて「言《ことば》は肉となった、ヴァレンロットはベルヴェデルになった」というスローガンが流行したほどです。作品としての『コンラット・ヴァレンロット』よりは、人物としてのコンラット・ヴァレンロットの受容史をめぐっては、『コンラット・ヴァレンロットの死後の運命』という分厚い研究書が出版されているほどです。

ヴァレンロット的な処世術の問題性を象徴するかのように、ポーランド語には walenrodyzm《ヴァレンロディズム》／wallenrodyzm《ヴァレンロディズム》（ヴァレンロット主義・ヴァレロット的なるもの）という概念すら生まれました。英語には Hamletism《ハムレティズム》（ハムレット主義）、スペイン語には Quijotería《キホテリア》（ドン・キホーテ主義）、ロシア語には обломовщина《オブローモフシュチナ》（オブローモフ主義）という用語ができたように……。

新旧の大ポーランド語語辞典は次の語彙を挙げています。「やがて裏切り滅亡させようとたくらんでいる敵に従うように見せかける両面性」「祖国の敵の信用を勝ち得、それを弱体化または敗北させる可能性を得る目的で、その敵に協力すると見せかけること」。

『ミツキェーヴィチ事典』は、ほとんど『コンラット・ヴァレンロット』を要約するかのように、その本質を、「主人公の悲劇的な自己分裂——彼は祖国愛のために、個人の幸福、名声（騎士の誇り）、そして永遠の幸福（魂の救済）を放棄する。これは、目的＝至高の価値としての祖国愛のために騎士にふさわしくない方法（裏切りと詐術）を用いた結果である」と解説しています。

ミツキェーヴィチは、後年、自作が芸術作品としてよりは「裏切りの肯定」「非倫理的行動への呼びかけ」として読まれることに不満を抱くようになります。

「もしお金があれば、何をするかい」と尋ねた友人に、「すべての版の『コンラット・ヴァレンロット』を買い占めて、山にして燃やしてしまうね」と答えたとか。その理由は、「裏切りを讃えて、この悪念を私の民族の中にかきたててしまったから」と自嘲したそうです。

別の友人は、『コンラット・ヴァレンロット』が話題になったとき、「書かれたころには、確かに現下の情勢に関する重要なパンフレットだったけど、今日ではそれ以上の価値は認めていない」と言い切った、と証言しています。

＊

『コンラット・ヴァレンロット』は、日本文学史でいえば『東海道四谷怪談』、世界文学史でいえば『赤と黒』と同時期の作品です。邦訳（本書）はそれから一九〇年を経て、出版されます。

小文の筆者は、作品の現代的な意味を、安易に見出したとしても、あの世の作者はさほど喜んでくれないのではないかと想像します。ミツキェーヴィチはむしろ、私たちが作品をあくまでも「歴史物語」として読み、「悲劇的な自己分裂」が極限化するような状況を生きた人間に思いを馳せることを願っていたのではないか。

この解説がそうした想像力の冒険としての歴史探求を行う助けになったとすれば、筆者の責務は果たされたことになります。

翻訳に使用したテキスト

① Adam Mickiewicz, *Konrad Wallenrod*, opracował Stefan Chwin, wydanie czwarte przejrzane, Wrocław-Warszawa-Kraków: Zakład Narodowy imienia Ossolińskich— Wydawnictwo, 1997.

② Adam Mickiewicz, opracował Władysław Floryan, *Dzieła. Tom II. Poematy*, Warszawa: Spółdzielnia Wydawnicza "Czytelnik", 1994.

『コンラット・ヴァレンロット』の日本語訳（公刊されているものに限る）（いずれも部分訳）

① 加藤朝鳥訳（付録参照）

② 阪東宏「アダム・ミツケーヴィチの愛国主義について」、「歴史学研究」第一九〇号、一九五五年。

③ ねずまさし「アダム・ミッキェヴィッチ――ポーランドの愛国詩人――」、「近代文学」第一三巻四号、一九五八年。

④ 工藤幸雄「ポーランドの文学　近代　ロマン主義・ミツキェヴィチ・再びミツキェヴィチ」、矢崎源九郎・尾崎義・工藤幸雄・直野敦・徳永康元『世界の文学7 北欧・東欧の文学』、明治書院、一九六七年。

⑤ ヤロスワフ・イワシュキェフィッチ（佐野司郎訳）、『ショパン』、音楽之友社、一九六八年。

⑥ 北岡正子「『摩羅詩力説』材源考ノート（その十三）」、「野草」二五、中国文芸研究会、一九八

〇年。

⑦アダム・ミツキェーヴィチ（久山宏一訳）「一八二七年の詩論」、小原雅俊編『文学の贈物　東中欧文学アンソロジー』（未知谷）、二〇〇〇年。

Niniejsza publikacja została wydana w ramach serii wydawniczej
„Klasyka literatury polskiej w języku japońskim"
przygotowanej przez japońskie NPO Forum Polska,
dzięki dofinansowaniu kosztów wydania przez Instytut Polski w Tokio.

本叢書《ポーランド文学古典叢書》は、
特定非営利法人「フォーラム・ポーランド組織委員会」の企画にもとづき、
ポーランド広報文化センターによる
出版経費の一部助成を得て刊行されています。

Adam Mickiewicz

1798年ザオシェ（またはノヴォグルデク）生、1855年イスタンブール没。ロマン主義詩人、文学史家、思想家、政治家。ヴィルノ大学在学中から、愛国的運動に参加。1824年ロシアに流刑され、1829年出国。1832年にパリに定住。1839～40年スイスのローザンヌで教鞭をとり、1841～44年にはコレージュ・ド・フランスでスラヴ文学を講義した。クリミア戦争に際して、ポーランド義勇軍を組織しようとしたが病に倒れた。代表作は『バラードとロマンス』(1822)『父祖の祭』(1923～33)『ソネット集』(1826)『コンラット・ヴァレンロット』(1828)『パン・タデウシュ』(1934)。

くやま　こういち

1958年、埼玉県生まれ。東京外国語大学卒、早稲田大学大学院博士後期課程中退。アダム・ミツキェーヴィチ大学（ポーランド・ポズナン市）より文学博士号（スラヴ文学）取得。東京外国語大学など非常勤講師。ロシア・ポーランド文化研究、ポーランド語通訳。著者に『ミツキェーヴィチのソネットとロマン主義期のロシア・ソネット』(ポーランド語)、訳書にアダム・ミツキェーヴィチ『ソネット集』(ポーランド文学古典叢書第２巻、未知谷)、スタニスワフ・レム『大失敗』(国書刊行会)、共訳書にヴァンダ・ヴェルテンシュタイン編『アンジェイ・ワイダ　自作を語る』(平凡社)、アンジェイ・ムラルチク『カティンの森』(集英社）などがある。

© 2014, Kuyama Koichi

コンラット・ヴァレンロット
《ポーランド文学古典叢書》第4巻

2014年10月10日印刷
2018年8月20日発行

著者　アダム・ミツキェーヴィチ
訳者　久山宏一
発行者　飯島徹
発行所　未知谷
東京都千代田区神田猿楽町2丁目5-9　〒101-0064
Tel. 03-5281-3751 / Fax. 03-5281-3752
［振替］　00130-4-653627
組版　柏木薫
オフセット印刷　ディグ
活版印刷　宮田印刷
製本所　牧製本

Japanese edition by Publisher Michitani Co. Ltd., Tokyo
Printed in Japan
ISBN978-4-89642-704-2　C0398

ポーランド文学古典叢書

第１巻
挽歌
ヤン・コハノフスキ
関口時正 訳・解説

16世紀に活躍した、ミツキェーヴィチ以前のポーランド文学において最も傑出した詩人とされるコハノフスキの代表作。完成された簡素さと最大限の情緒性に驚嘆する、娘オルシュラの死を悼む19篇、涙なしには読めない連作。 96頁1600円

第２巻
ソネット集
アダム・ミツキェーヴィチ
久山宏一 訳・解説

ミツキェーヴィチがロシア当局の命令で現ウクライナ、オデッサで過ごした日々に生まれた22のソネットと、ロシアの新領土であり東洋趣味の憧れの地だったクリミア旅行中に生まれた18の「クリミア・ソネット」。恋のソネット集。 160頁2000円

第３巻
バラードとロマンス
アダム・ミツキェーヴィチ
関口時正 訳・解説

ポーランドで最も尊敬され、影響力を持った詩人ミツキェーヴィチのデビュー詩集にして、文学・音楽を巻き込んだポーランド・ロマン主義の幕開けを告げた記念碑的作品集。13の詩篇と彼自身による詳細な詩論、充実の解説を収録。 256頁2500円

第５巻
ディブック
ブルグント公女イヴォナ
西成彦 編
S.アン＝スキ／W.ゴンブローヴィチ
赤尾光春／関口時正 訳・解説

世界の戯曲中、最も有名なユダヤ演劇作品『ディブック』。全世界で毎年欠かさず上演される人気作『ブルグント公女イヴォナ』。世界文学史上極めて重要なポーランド戯曲二作品を一冊で。西成彦による解説とカラー口絵２点（アンジェイ・ワイダ『ディブック』スケッチ）収録。 288頁3000円

第６巻
ヴィトカツィの戯曲四篇
S.I.ヴィトキェーヴィチ
関口時正 訳・解説

〈鉄のカーテン〉の向こうからやってきて、世界を驚嘆させた60年代から現在に至るまで、世界各地で上演され続ける前衛演劇、厳選四作品をポーランド語からの直接翻訳で紹介。「小さなお屋敷で」「水鶏」「狂人と尼僧」「母」を収録。 320頁3200円

第７巻
第69回　読売文学賞（研究・翻訳賞）
第４回　日本翻訳大賞
人形
ボレスワフ・プルス
関口時正 訳・解説

「ポーランド近代小説の最高峰の、これ以上は望めないほどの名訳。19世紀の社会史を一望に収めるリアリズムと、破滅的な情熱のロマンが交錯する。これほどの小説が今まで日本で知られていなかったとは！」（沼野充義氏評） 1248頁6000円

未知谷